Jessica Ravenwood

Auserwählte der Nacht

AF219895

1. Auflage

In Gedenken an Norbert Werner

„Wenn ihr mich sucht, sucht in euren Herzen.
Habe ich dort eine Bleibe gefunden, lebe ich in
euch weiter."

(Rainer Maria Rilke)

Bibliografische Information der Deutschen
Nationalbibliothek:
Die Deutschen Nationalbibliothek verzeichnet
diese Publikation in der Deutschen
Nationalbibliografie; detaillierte bibliografische
Daten sind im Internet über http://dnb.dnb.de
abrufbar.

1.   Auflage 2021

Coverdesign:
Jessica Ravenwood
https://www.canva.com/

Lektorat:
Lektorat Steigenberger
https://www.lektoratsteigenberger.de/

Herstellung und Verlag:
BoD – Books on Demand, Norderstedt
ISBN Nr. 9783753404134

http://jessicaravenwood.jimdo.com/

MIX
Papier aus verantwortungsvollen Quellen
Paper from responsible sources
FSC® C105338

Inhalt:

Auserwählte der Nacht

Prolog

Brianna rannte durch die einsame, unberührte Wildnis südlich des Chippewa Lakes. Wo war Richard?

Unter anderen Umständen hätte sie die kühle Brise der sternenklaren Nacht genossen, doch dieser verdammte Schamane und seine Jäger hatten ihr eine Falle gestellt. Sie waren einfach aufgetaucht und hatte Richard von ihr getrennt. Richard, ihren Gefährten, den sie erst vor ein paar Monaten gewandelt hatte.

Brianna beschleunigte ihre Schritte. War das nicht ein Schrei gewesen? Richard war hitzköpfig und impulsiv. Als unerfahrener Vampir fehlte ihm die nötige Erfahrung, um sich gegen die Jäger zur Wehr zu setzen. Normale Menschen stellten für einen Vampir keine Gefahr dar, aber erfahrene Jäger wussten, dass Sonnenlicht und eine scharfe Klinge einem Vampir ein schnelles Ende bereiten konnten. Und diese Jäger hatten auch noch den

Schamanen dabei. Den Schamanen, der ihr und Richard ewige Rache geschworen hatte. In Brianna stieg Panik auf. Sie musste Richard finden. So schnell wie möglich. Er hatte die Familie des Schamanen getötet, aus purer Lust am Töten und das obwohl Brianna ihn davor gewarnt hatte. Auf gar keinen Fall durfte Richard etwas passieren!

Da hörte sie erneut einen Schrei.

Sie bog ab, stürmte zwischen den Bäumen hindurch, Äste schlugen ihr ins Gesicht. Die Geräusche wurden lauter, jemand brüllte wie ein verwundetes Tier, die anderen Stimmen feuerten sich gegenseitig an.

Da! Da waren sie.

Die Bäume weiteten sich und Brianna konnte eine kleine Lichtung sehen, vielleicht hundert Meter entfernt. Die Jäger hatten Richard bereits eingekreist und hielten ihn mit Macheten in Schach. Richard sprang wild herum, versuchte einen Ausweg zu finden, doch immer wieder traf ihn die Spitze eine Waffe.

Brianna rannte noch schneller. Sie raste geradezu über den Waldboden. Sie würde sie alle töten!

Da hob der Schamane einen Gegenstand. Brianna warf einen Blick darauf, konnte aber nicht erkennen, was es war.

Ein gleißend helles Licht schoss aus dem Gegenstand hervor und machte die Nacht zum Tag.

Geblendet taumelte Brianna weiter, von irgendwo her hörte sie Richards Schreie.

Sie blinzelte, da sah sie ihn. Er lag bereits am Boden, schrie vor Schmerzen und wälzte sich hin und her. Seine Haut schlug Blasen und zerfiel vor ihren Augen. Hautfetzen lösten sich und gingen in kleinen Flammen auf. Brianna rannte weiter. Sie musste ihm helfen! Sie musste ihn retten!

Doch die Lichtung kam näher, aber nicht rechtzeitig. Hilflos musste Brianna mitansehen, wie sich der Körper ihres Geliebten auflöste.

„Richard, nein! Richard, verlass mich nicht, mein Geliebter", schrie sie.

Richard sah ein letztes Mal in ihre Richtung, dann zerfiel sein Körper zu Staub.

„Nein! Richard, nein!"

Die letzten Lichtstrahlen erfassten sie. Sie krümmte sich vor Schmerzen. Das Licht fraß sich durch ihre Eingeweide. Dicke Brandblasen bildeten sich auf ihrer Haut und fraßen sich Zentimeter um Zentimeter durch ihr Fleisch. Der Schmerz war unbeschreiblich und raubte ihr fast den Verstand.

„Richard, nein! Ich werde deinen Tod rächen. Und wenn es das Letzte ist, was ich tue", flüsterte sie.

Langsam verlor sie das Bewusstsein. Wie durch einen Schleier vernahm sie Schritte, hörte Stimmen, die sich ihr näherten.

„Sollen wir der Schlampe den Kopf abschlagen?"

Ein harter Tritt traf sie.

„Nein, die Schlampe rührt sich nicht mehr. Falls sie noch lebt, erledigt der Sonnenaufgang den Rest."

*

Gabriel

Gabriel gab Gas und raste direkt auf Eskil zu. Der rotblonde Hüne sprang wutschnaubend zur Seite. Mit quietschenden Reifen kam Gabriels Harley direkt neben Eskil zum Stehen.

„Gabriel, du gottverdammter Vollidiot! Irgendwann schenk ich dir ein Zehner-Abo fürs Solarium, du Penner", rief Eskil und streckte ihm den Mittelfinger entgegen.

Lachend stieg Gabriel ab und schlug ihm auf die Schulter. „Reg dich ab mein Freund! Bevor du noch zum Berserker mutierst, gebe ich dir lieber einen aus. Komm lass uns reingehen, der Abend ist noch jung."

Zusammen mit Eskils ständigen Begleitern, seinen beiden Wolfshunden betraten sie das Moonwalker, eine Bikerkneipe am Rande von Calgary.

Schon im Eingangsbereich hallte ihnen lautstarkes Gebrüll entgegen. Eine Bierflasche flog auf sie zu, Gabriel drehte gerade noch den

Kopf zur Seite. Mit einem lauten Knall ging sie an der Wand hinter ihm zu Bruch.

Wie so oft hatten sich ein paar Biker in die Haare bekommen und trugen nun ihre Streitigkeiten mit fliegenden Fäusten aus. Hier steppte wortwörtlich der Bär, was vor allem an den heißen Barkeeperinnen lag, die auf dem Tresen Shows wie im Hollywoodstreifen „Coyote Ugly" abzogen.

Gabriel und Eskil gingen an der Schlägerei vorbei und setzten sich an den Tresen. Sofort eilte die Kellnerin herbei und schenkte ihnen ihr schönstes Lächeln.

„Savannah, meine kleine Blume! Es freut mich dich zu sehen. Bringst du uns eine Flasche und drei Gläser?", fragte Gabriel.

Sie nickte und grinste ihn frech an.

Gabriel dachte zurück an letztes Halloween, als er noch die Hoffnung gehegt hatte, sie wäre seine Auserwählte. Als er dann ihr Blut gekostet hatte, hatte er enttäuscht feststellen müssen, dass dem nicht so war.

Gabriel wusste nicht viel über den Ursprung seiner Art außer, dass ein Vampir seine Auserwählte nur an den vier keltischen Mondfesten finden konnte. Trafen die beiden dann aufeinander, war die gegenseitige Anziehungskraft enorm.

Dann blieb ihm nur drei Tage Zeit, die Blutsverbindung mit ihr einzugehen, denn nur an Beltane, Lughnasadh, Samhain und Imbolc hatte ihr Blut diese besondere Wirkung.

Savannahs Blut hatte jedoch wie das jedes anderen Menschen geschmeckt. Sie war nicht seine Auserwählte gewesen. Sie war nur ein Mensch und einen normalen Menschen konnte er nicht in einen Vampir transformieren, um dann die Ewigkeit mit ihm zu verbringen.

Dieser Umstand hielt Gabriel allerdings nicht davon ab, sich an Savannah zu nähren, wenn ihm danach war. Sie war etwas Besonderes, und als Angehörige der Tsuut'ina-Nation, den in Calgary ansässigen Ureinwohnern Kanadas, hatte sie einen enorm starken Willen. Zudem weigerte sie sich bis zum heutigen Tag, mit ihm ins Bett zu gehen, und es fiel ihm zunehmend schwerer, nach dem Nähren ihr Gedächtnis zu löschen.

Heute jedoch wollte er diesen Umstand ändern und nicht nur von ihr trinken. Heute wollte er ihren Willen brechen.

Eskil gab ihm einen Stoß und sagte etwas.

„Was? Was hast du gesagt?", fragte Gabriel.

„Du träumst schon wieder", sagte Eskil und warf einen Blick auf Savannah. „Kannst du das arme Ding nicht in Ruhe lassen? Sie steht einfach nicht auf dich", sagte Eskil gerade, als sie zurück an den Tresen kam.

Savannah stellte das Tablett ab, ging um den Tresen herum und begrüßte Eskils Hunde. Die beiden freuten sich, wedelten mit dem Schwanz und sprangen Savannah regelrecht auf den Schoß, was wohl an den Leckerlis in ihrer Tasche lag.

„Hund müsste man sein", sagte Gabriel grinsend. „Komm meine Schöne, trink mit uns", sagte er und füllte die Gläser. „Der Abend ist noch jung."

Savannah stand auf, griff sich eines der Gläser, erhob es zum Gruß und kippte es in einem Zug weg. „Tut mir leid Jungs, aber heute Abend gibt es nur diesen einen Drink für mich. Ich habe gleich Feierabend. Meine Schwester kommt jeden Moment, um mich abzuholen. Wir fahren noch heute Nacht für ein paar Tage in die Rockys. Großvater feiert in Banff seinen achtzigsten Geburtstag, da kommt die ganze Familie zusammen."

„Ach nein, nicht du auch noch. Ich dachte, wenigstens du würdest mich morgen zum

Canadian Beltane Fire begleiten, nachdem Eskil eine einsame Berghütte den heißen Partys vorzieht. Ihr seid meine besten Freunde und könnt mich doch nicht allein zum Festival gehen lassen."

Savannahs Blick glitt an Gabriel vorbei. Sie hob die Hand und winkte jemandem zu. „Tut mir leid, meine Schwester ist da, ich muss los." Nach einer eiligen Umarmung verschwand sie hinter dem Tresen, schnappte sich ihre Sachen und eilte nach draußen.

Frustriert, griff Gabriel nach der Flasche und schenkte nach. „Verdammter Mist, erst du und jetzt auch noch sie. Ihr nehmt einem echt jeden Spaß."

„Oh Mann, jetzt tue bloß nicht so, als ob du ohne uns keinen Spaß hättest. Die Weiber bieten dir ihren Hals doch wie am Fließband an", sagte Eskil lachend.

„Du ziehst ja den Schwanz ein und verkriechst dich in deiner Hütte, nur um nicht deiner Auserwählten über den Weg zu laufen."

„Ich brauche keine Auserwählte, ich komme gut ohne sie klar. Und ganz sicher will ich nicht wie mein Vater enden!", sagte Eskil und kippte sein Glas hinter.

Eskil war ein Einzelgänger, seit Gabriel ihn kannte. Er verbrachte die drei Tage des

Mondfestes immer abgeschieden von der Menschheit, weil er nicht riskieren wollte, seine Auserwählte zu treffen. Eskils Mutter wurde schon vor langer Zeit von Jägern getötet. Schon immer hatte es Jäger gegeben, die es sich zur Aufgabe gemacht hatten alles Andersartige auszurotten. Eskils Vater war nie über ihren Tod hinweggekommen. Ihr Verlust hatte ihn so sehr geschmerzt, dass er seiner Existenz ein Ende bereitete, indem er sich den tödlichen Strahlen der Sonne aussetzte. Vampire starben nicht, nicht einmal durch Nahrungsmangel. Tödlich war für sie nur das Sonnenlicht und wenn ihnen jemand den Kopf abschlug. Gabriel bereute seine Worte und füllte die Gläser. Eskil war entschlossen, das Schicksal seines Vaters zu vermeiden und keine Frau zum Dasein als Vampir zu verdammen. „Keinen Streit mein Freund, lass uns einen trinken, auch wenn uns dieses Gesöff so überhaupt nicht flasht, außer wir suchen uns eine willige Spenderin mit genügend Promille im Blut."

Als Vampir konnte er menschliche Nahrung zu sich nehmen, sie hatte allerdings keinerlei Wirkung auf ihn, nur Blut nährte ihn und gab ihm die benötigte Kraft. Mit Alkohol angereichertes Blut jedoch verlieh ihm ein besonderes Hochgefühl. Er wurde nicht betrunken wie die Menschen, nein, es stimulierte ihn und schärfte seine Sinne. Gabriel sah sich um. Ein paar Tische weiter erspähte er drei Frauen, die ihn ebenfalls ins Visier genommen hatten. Eine davon war eine vollbusige Blondine, die sein Interesse weckte.

Er stieß Eskil an. „Los komm mit", sagte Gabriel, griff sich Flasche und Gläser, und ging zum Tisch der Frauen.

„Hallo Ladys, dürfen wir euch einen ausgeben?", fragte er und schenkte ihnen ein Lächeln, von dem er wusste, dass sie ihm nicht würden widerstehen können. Meist musste er nicht mal seine vampirischen Fähigkeiten einsetzen, die Frauen liefern ihm regelrecht hinterher. Und so auch hier, die Frauen nickten ihm freudig zu und Gabriel nahm neben der Blondine Platz.

In den langen Jahren seiner Existenz war Gabriel nie längere Beziehungen eingegangen. Die Gefahr einer Entdeckung war einfach zu groß. Unsterblichkeit war Segen und Fluch zugleich. Wie sollte er auch erklären, dass er nicht alterte oder im Sonnenlicht in Flammen aufging?

„Nanuk! Lakota! Platz!", befahl Eskil seinen Hunden, während er gegenüber von Gabriel Platz nahm.

Eine der Frauen wollte die Tiere streicheln und zog erschrocken die Hand zurück, als die Hunde zu knurren begannen.

„Sorry Ladys! Eskils Hunde mögen keine Frauen, im Gegensatz zu mir. Ich bin Gabriel und wer seid ihr Hübschen?"

*

„Hey Tony, das Tuch zu deiner Linken muss noch gut einen Meter höher, dann sollte es passen", rief Mystique einem der Roadies zu, der in fast acht Meter Höhe ihren Auftritt vorbereitete. Sie war extra den weiten Weg von Los Angeles nach Calgary gefahren, um zwei ihrer Luftakrobatik-Shows aufzuführen. Schon lange hegte sie den Wunsch, Urlaub in Kanada zu machen. Die Landschaft zog sie geradezu magisch an. Sie liebte die Schönheit der wilden Natur, die hohen Berge und die tiefen, kristallklaren Bergseen. Und dann waren da natürlich ihre Träume.

„Wie ist es jetzt?", rief Tony von oben herab.

Mystique trat ein paar Schritte zurück und betrachtete die roten Tücher, die Tony an einem der dickeren Äste der alten Eiche befestigt hatte.

„Ja, genau so hängen sie richtig", rief sie und gab Tony zwei Daumen hoch. Diese wunderschöne Eiche mitten im Indian Village war perfekt für einen ihrer Auftritte morgen Abend beim Canadian Beltane Fire Festival geeignet.

„Bist du so weit, Liebes?", fragte jemand und Mystique spürte eine Hand auf der Schulter.

Sie drehte sich um und lächelte ihrer Freundin zu. Seraphine war ihre Mitbewohnerin und mit nach Kanada gekommen, weil sie Mystiques Sehnsucht nach diesem Ort ebenfalls kannte. Seraphine würde in ihrem Zelt den Besuchern die Zukunft deuten.

Das ist alles so perfekt, dachte Mystique und betrachte zufrieden die alte Eiche, die gesäumt war von den Tippis der First Nations. Dahinter erhoben sich die Berge des Banff Nationalparks. *Das ist wie in meinen Träumen. Jetzt fehlt nur noch einer, der Mann meiner Träume. Oder besser, der Mann aus meinen Träumen*, dachte sie.

Zufrieden lächelte Mystique.

*

Keine dreißig Minuten später war Gabriel mit der Blondine in einem der Lagerräume verschwunden. Er hatte leichtes Spiel mit ihr gehabt. Bereits nach dem dritten Drink war sie beschwipst genug gewesen, um ihm bereitwillig zu folgen.

Jetzt stand sie mit dem Rücken an der Tür und sah ihn mit halb geschlossenen Augen an. Er legte die Hand unter ihr Kinn und hob es an. Ihre Wangen waren rosig, die Lippen voll und einladend.

Gabriel küsste sie. Sie schmeckte nach Lipgloss und Whiskey. Langsam schob er seine Hand in ihren Nacken, strich ihr Haar beiseite und ließ seine Fingerspitzen über die empfindliche Stelle unterhalb ihres Ohres gleiten. Er spürte das sanfte Pochen ihres Pulses unter seinen Fingern.

Sie ließ ihre Hände über seinen Rücken wandern und presste ihren Körper gegen den seinen. Er spürte ihre Erregung, ihr Herzschlag hatte sich beschleunigt und das Blut raste durch ihre Adern. Es war ein leises stetes Summen, das nach ihm zu rufen schien.

Gabriel küsste ihren Nacken und fuhr den Weg zu ihrem Ohr mit der Zunge nach. Ihre Haut war weich und warm. Der Duft ihres Parfums stieg ihm in die Nase. Er überzog ihre Haut mit sanften Bissen und Küssen.

Ein leises Stöhnen kam über ihre Lippen. „Oh ja, beiß mich! Das ist ja irre", hörte er ihre erregte Stimme an seinem Ohr. „Beiß mich, fester!"

Das ließ er sich nicht zweimal sagen. Seine Fänge waren bereits ausgefahren und augenblicklich vergrub er sie in ihrem Hals. Ihren abrupten Aufschrei erstickte er mit der Hand. Er trank in tiefen, festen Zügen. Ihr Blut schoss durch seine Eingeweide und versetzte ihm einen regelrechten Adrenalinschub. Der Alkohol in ihrem Blut stieg ihm zu Kopf.

Er fühlte sich leicht und befreit. Dieses Gefühl war sagenhaft.

Als er genug getrunken hatte, strich er mit der Zunge über die Wunde, welche sich sogleich verschloss. Gabriel blickte ihr in die Augen und gab ihr einen mentalen Befehl, der sie die letzten Minuten vergessen ließ. Durch den Blutverlust geschwächt, geriet sie ins Wanken. Er packte sie und führte sie zurück an den Tisch zu ihren Freundinnen.

„Ihr solltet sie nach Hause bringen, sie hat den letzten Drink wohl nicht vertragen", sagte er und drückte sie ihren Freundinnen in die Arme.

Die sprangen auf, offenbar hatte Eskil seine Abwesenheit genutzt, um wie üblich jedes weibliche Wesen zu vergraulen.

Allein mit Eskil am Tisch grinste er zufrieden vor sich hin.

„Und mein Freund, wann machst du dich auf den Weg in die Berge? Das Mondfest beginnt bereits morgen Abend. Ich kann dich wohl immer noch nicht überreden, mit mir zum Canadian Beltane Fire zu kommen?", fragte Gabriel.

„Keine Chance! Ich ziehe die Einsamkeit der Berge vor und werde nur die Gesellschaft meiner Hunde genießen. Ich werde morgen Abend fahren, deshalb muss ich jetzt los und heute Nacht noch jagen."

„Du gehst ein großes Risiko ein. Wenn du es nicht schaffst dich heute zu nähren, wirst du zu schwach sein, um die vier Tage zu überstehen. "

„Diese Predigt hältst du mir jedes Mal, du weißt doch, dass ich auf mich aufpassen kann", sagte Eskil lachend.

„Ja, aber du hast auch von den Leichen gehört, die sie im Banff Nationalpark gefunden haben. Hier gehen in letzter Zeit seltsame Dinge vor sich. Der Magistrat vermutet, dass ein Baykok sein Unwesen in der Gegend treibt. Du solltest vorsichtig sein."

In den letzten Wochen waren zwischen dem Banff Nationalpark und dem Ghost Lake mehrere Leichen gefunden worden, die alle Anzeichen eines Baykokangriffes aufgewiesen hatten. Gabriel war noch keinem dieser Wesen begegnet. Der schreckliche Nachtdämon entsprang der Mythologie der Chippewa-

Indianer westlich von Wisconsins. Er verspeiste die Leber seiner Opfer und trank deren Blut.

Samuel Nightingale, der Magistrat dieser Gegend, und nebenbei auch Gabriels Pate, hatte die Angriffe für die Presse allerdings als Tierangriffe deklariert. So konnte Samuel den Baykok ausfindig und unschädlich machen.

„Du musst vorsichtig sein, du weißt nicht, was sich da draußen noch alles herumtreibt", sagte Gabriel ernst.

„Ich weiß, ich werde vorsichtig sein", sagte Eskil, stand auf und verabschiedete sich.

Gabriel blieb allein zurück und hing seinen Gedanken nach. Morgen Abend würde das Festival im Stampede Park stattfinden, eine riesige Party mit guter Musik, Bier und Frauen, vielen hübschen Frauen.

Und vielleicht seiner Auserwählten. Für Gabriel war es anders als für Eskil. Er sehnte sich nach seiner Auserwählten. Schon so oft war er an der erfolglosen Suche verzweifelt. Seine Eltern hatten sich Hals über Kopf verliebt und waren auch nach über dreihundert Jahren noch so verliebt wie am ersten Tag. Nähren hin oder her und auch gegen eine schöne Nacht in Savannahs Bett hatte Gabriel nichts einzuwenden – er grinste in Gedanken daran –, aber eigentlich sehnte er sich nach dem, was seine Eltern hatten.

Nur die Auserwählten konnten durch die Blutsverbindung gewandelt werden und nur gemeinsam konnten sie einen geborenen Vampir zeugen.

*

Freitag, 30. April 2021 - Erste Beltanenacht

Endlich! Das Canadian Beltane Fire. Heute ist es endlich so weit, dachte Gabriel und trat vor seinen Kleiderschrank. Das Festival fand dieses Jahr zum ersten Mal statt.

Er freute sich auf die zahlreichen Shows, die Konzerte und die Partys unter freiem Himmel und er freute sich auf die Frauen. Diese wunderschönen Geschöpfe. Ob Einheimische oder Touristin, er würde garantiert seinen Spaß haben. Die Hotels in und um Calgary waren seit Wochen ausgebucht.

Er wohnte unweit vom Festivalgelände in einer luxuriösen Penthouse-Wohnung. Hier konnte er die Anonymität und Diskretion genießen, die seinesgleichen benötigte. Der Zugang zum Tower war mit Zutrittskontrollen und Sicherheitspersonal gesichert. Für das

Personal war Gabriel einen exzentrischer Musikproduzent, der seine Wohnung nur nachts verließ.

Gabriel war voller Vorfreude und beschloss den Weg zum Stampede Park zu Fuß zu gehen. Er schlüpfte in seine schwarze Lederkluft und zog den langen Mantel darüber. Zufrieden warf er einen Blick in den Spiegel. Er fuhr sich durch sein langes Haar, das er wie immer offen trug, und warf einen Blick auf die Uhr. Es dämmerte bereits. Er schnappte sich seine Schlüssel und verließ das Haus.

Gabriel schlenderte gemütlich in Richtung des Parks. Der Wettergott meinte es gut mit ihnen. Kein Regen in Sicht und für Ende April war es mit fast zwanzig Grad tagsüber bereits angenehm warm. Der Himmel war sternenklar. Der Vollmond stand bereits hoch am Firmament und tauchte die Umgebung in ein mystisches Licht. Er liebte die klaren Vollmondnächte und konnte Stunden damit zubringen, den Mond zu betrachten, doch heute war die Luft regelrecht aufgeladen. Er spürte es in seinen Adern, ein Vibrieren, das stetig zunahm.

Vermutlich lag es an Beltane. Bereits für die Kelten war es ein Fest der Liebe und der Fruchtbarkeit gewesen, das sie zu Ehren der Sonne abgehalten hatten. Auch heute noch schmücken Menschen ihre Häuser und Gärten an Beltane. Ein Maibaum wurde aufgestellt, die Maikönigin gewählt und verliebte Paare wagten den Sprung über das Feuer. Nach altem Volksglauben flogen Hexen auf ihren Besen zum Blocksberg, um dort ausschweifend mit dem Teufel zu feiern.

Auch er war ein Teufel, ein blutsaugender Vampir und auch er würde heute Nacht feiern. Er würde sich amüsieren und die eine oder andere Halsschlagader zerreißen. Vielleicht würde er heute Nacht aber auch *ihr* begegnen. Er gab die Hoffnung einfach nicht auf.

Kurze Zeit später betrat Gabriel das Festivalgelände. Die Atmosphäre war atemberaubend. Wie auf einem mittelalterlichen Jahrmarkt zogen Feuerspucker, Gaukler und Akrobaten über das Gelände. Zwischen modernen Fahrgeschäften und altertümlichen Buden unterhielten als Hexen, Elfen und andere Fantasiegestalten verkleidete Schausteller die Gäste. Gabriel erspähte das Zelt einer Wahrsagerin, die Kundschaft in ihrem Zelt willkommen hieß. Über das Gelände verteilt gab es mehrere Bühnen und Zelte, in denen verschiedene Bands spielten. Für das leibliche Wohl der Besucher war ebenfalls bestens gesorgt.

Auch er wollte sich um sein leibliches Wohl kümmern und hielt nach einem passenden Opfer Ausschau.

Kurze Zeit später entdeckte er eine junge Frau an einem der Fahrgeschäfte. Sie saß etwas verloren auf den Treppenstufen und schien sich zu langweilen. Er besorgte zwei Flaschen Bier und schlenderte langsam auf sie zu. Als sie ihn bemerkte, errötete sie.

„Darf ich mich zu dir setzen? Du siehst aus, als könntest du etwas Ablenkung gebrauchen."

„Ja, ja bitte", sagte sie mit unsicherer Stimme und zeigte auf die Stelle neben sich.

„Ich bin Gabriel und du siehst aus, als könntest du das hier gut vertragen", sagte er und reichte ihr eine Flasche.

„Dankeschön, das ist nett von dir. Ich bin Hanna. Meine Freunde ziehen gerade von Fahrgeschäft zu Fahrgeschäft, und da mir speiübel in diesen Dingern wird, habe ich es vorgezogen hier auf sie zu warten."

„Dein Freund muss ein ziemlicher Idiot sein, ein paar Fahrgeschäfte der Gesellschaft eines so hübschen Mädchens vorzuziehen."

„Was? Nein, sonst ist er nicht so", sagte sie überrascht und augenblicklich röteten sich ihre Wangen.

Es amüsierte ihn, wie schüchtern sie war. Sie war höchstens achtzehn Jahre alt. Rotblond gelocktes Haar umrahmte ihr hübsches Gesicht, sie hatte eine Stupsnase und Sommersprossen. Er zog eine Schachtel Zigaretten aus der Innentasche seines Mantels und hielt sie ihr hin. Dankend nahm sie eine und ließ sich Feuer geben.

„Und was möchtest du heute noch tun? Du wirst doch nicht stundenlang auf deine Freunde warten, oder?", fragte Gabriel.

„Nein, eigentlich nicht. Ich wollte mir den Umzug ansehen." Sie blickte auf ihre Uhr. „Oh nein, er beginnt in fünfzehn Minuten. So ein Mist und eine Show von Mystique Hellfire wollte ich auch noch sehen."

„Mystique Hellfire?"

„Mystique Hellfire ist eine der Schaustellerinnen. Sie führt heute zwei ihrer sagenhaften Luftakrobatik-Shows auf. Eine Kombination klassischer Akrobatik mit Elementen des Burleske und einer Feuershow. Die erste Show findet um zweiundzwanzig Uhr auf der großen Bühne statt und die Zweite eine Stunde später im Indian Village."

Gabriel stand auf und reichte ihr die Hand. „Na, dann komm, wenn der Umzug gleich beginnt, sollten wir uns beeilen."

„Echt? Oh ja, ich bin froh, wenn ich da nicht allein hin muss", sagte sie und ergriff freudestrahlend seine Hand.

Er zog sie hoch und katapultierte sie direkt in seine Arme.

Wieder errötete sie. Wie reizend sie war. Er legte den Arm um ihre Schulter und führte sie zur nächsten Kreuzung, wo sie sich einen guten Platz suchten, um den Umzug zu sehen. Sie kamen gerade noch rechtzeitig, um die mystisch geschmückten Wagen und ihre Akteure zu bestaunen.

Es war eine großartige Show. Allerlei Kreaturen der keltischen Mythologie, wie der gehörnte Cernunnos, Baumgeister, Feen, Druiden, Krieger und Feuerjongleure begleiteten den Zug. Die Wägen waren prunkvoll geschmückt und entlockten den Besuchern so manches „Oh" und „Ah".

Nachdem der Umzug beendet war, machte Gabriel sich mit Hanna auf den Rückweg. Er ergriff ihre Hand und zog sie hinter sich her durch die dichte Menschenmenge. Sein Ziel war jedoch nicht das Fahrgeschäft, an dem ihre Freunde vermutlich bereits auf sie warteten. Nein, er zog sie in einen wenig beachteten Gang, der direkt hinter den Buden entlang führte. In einer dunklen Ecke angekommen, drückte er

Hanna gegen die Wand und brachte sein Gesicht nah an ihres.

Mit weit aufgerissen Augen starrte sie ihn an. Ihr Herzschlag raste. Sie zitterte und ihre Lippen bebten. Sie versuchte zu sprechen, doch er legte augenblicklich den Zeigefinger auf ihre Lippen.

„Pst! Nicht sprechen", sagte er und strich sanft mit dem Daumen über ihre Lippen. Er senkte den Kopf und berührte ihre Lippen mit den seinen. Zärtlich küsste er sie. Er mochte Hanna und wollte ihr keine Angst machen oder ihr gar wehtun. Das musste er auch nicht. Er konnte ihre Erinnerungen nach seinem Willen formen und er wollte ihr die Erinnerungen an diesen Kuss lassen.

Er beendete den Kuss und blickte ihr in die Augen. An die folgenden Augenblicke würde sie sich später nicht erinnern.

Sanft strich er ihr Haar zurück und drehte ihren Kopf zur Seite. Deutlich spürte er Hannas Puls unter der zarten Haut. Er legte die Lippen auf ihren Hals und begann ihn zu küssen. Die Nahrung, die er so dringend benötigte, lag direkt unter dieser zarten Haut. Seine Fänge waren bereits ausgefahren. Sanft legte er sie an ihren Hals und durchstieß mit leichtem Druck ihr Fleisch.

Köstlichster Nektar strömte sogleich über seine Lippen. Da er nur von ihr kosten wollte, ließ er nach wenigen Zügen von ihr ab und verschloss die Wunde. Er blickte sie an, küsste sie erneut und gab ihr den mentalen Befehl, zurück zu ihren Freunden zu gehen.

*

Nachdem Hanna gegangen war, mischte er sich unter die Gäste, um sich eine neue Blutwirtin zu suchen. Als er seinen Blick durch die Menge streifen ließ, fiel ihm ein Plakat ins Auge. Er hielt darauf zu und las die Ankündigung:

„Mystique Hellfire – Die Femme fatale der Hölle. Seht heute Abend ihre fantastische Luftakrobatik im Feuerring und in den Vertikaltüchern."

Gabriel betrachtete die Frau auf dem Plakat und war augenblicklich von ihrer Schönheit gefesselt. Ihre Haut war weiß wie Alabaster. Ihr langes rabenschwarzes Haar wurde gesäumt von einem frechen französischen Pony. Die Lippen waren wohlgeformt und blutrot. Am meisten jedoch faszinierten ihn ihre blauen Augen. Wie helle Aquamarine funkelten sie ihn an und zogen ihn in ihren Bann. Er musste sie unbedingt sehen!

Kurze Zeit später traf er an der großen Bühne ein. Die Reihen waren bereits gut gefüllt. Er bahnte sich einen Weg nach vorn und ein Blick auf die Uhr sagte ihm, dass die Show in wenigen Minuten beginnen würde. Er war aufgeregt, konnte es kaum noch erwarten, dass Mystique Hellfire die Bühne betrat.

Seine Anspannung war bereits ins Unermessliche gestiegen, als die Bühne sich plötzlich in Dunkelheit hüllte und düstere Klänge aus den Lautsprechern drangen.

Zwei riesige Feuersäulen durchbrachen die Dunkelheit. Ein Aufschrei ging durch die Menge, gefolgt von euphorischem Beifall. Ein roter Lichtkegel erschien in der die Mitte der Bühne. Weitere Feuersäulen schossen in den Himmel, und dann senkte sich ein brennender Ring langsam auf die Bühne herab.

Mitten auf dem Ring saß Mystique, gesäumt von brennenden Fledermausflügeln. Sie trug ein schwarz-rotes Burleskekostüme mit passendem Hut und Handschuhen.

Gekonnt ließ sie sich kopfüber fallen – das Publikum schrie erstaunt auf – und entledigte sich, nur an den Beinen hängend, erst ihrer Handschuhe und dann des langen Rocks. Sie drehte sich immer wieder um die eigene Achse und vollführte dabei verschiedene Figuren und

Drehungen. Ihre Bewegungen waren grazil und bildeten eine perfekte Symbiose aus Tanz und Akrobatik.

Gabriel war begeistert. Noch nie hatte er etwas vergleichbar Elegantes und gleichzeitig Erotisches gesehen. Er starrte wie hypnotisiert auf die Bühne, konnte die Augen nicht von ihr lassen. Das Blut in seinen Adern schoss wie ein Strom glühender Lava durch seine Adern. Augenblicklich nagte Hunger an ihm. Erst als das Publikum in tosenden Beifall verfiel, wurde er wieder Herr seiner Sinne.

Mittlerweile hatte Mystique den Feuerring verlassen und verbeugte sich vor ihrem frenetisch klatschenden Publikum, dann verschwand sie hinter der Bühne und die Menschenmenge strömte in alle Richtungen davon.

Gabriel rührte sich nicht von der Stelle. Er frage sich, wer diese Frau war. Laut einem Plakat würde sie in einer Stunde eine weitere Show aufführen, diesmal im Indian Village. Er würde da sein und nach der Show würde er sie aufsuchen, da war er sich sicher.

*

Das Indian Village lag im angrenzenden Enmax Park, direkt am Elbow River. Hier konnten Besucher die Traditionen der kanadischen Ureinwohner hautnah miterleben.

Zwischen den Tipis war ein freier Platz, in dessen Mitte ein einzelner großer Baum stand. Hier würde Mystique ihre zweite Show vorführen. Er erkannte es an der Absperrung und an dem Plakat, das an einer Laterne angebracht war. Auf dem Platz brannten vereinzelte Lagerfeuer, an denen es sich die Besucher gemütlich gemacht hatten.

In seinen Eingeweiden rumorte es, der Hunger nagte an ihm. Er verstand nicht warum. Er hatte sich doch erst im Moonwalker genährt, und auch wenn Hanna nur eine Kostprobe gewesen war, eigentlich hätte er satt sein müssen. Seinesgleichen konnte einige Tage ohne Nahrung auskommen. Erst eine längere Abstinenz oder Verwundungen schwächten einen Vampir derart, dass er in einen schlafähnlichen Zustand fiel.

Aber der Hunger wurde immer stärker. Er musste ihn stillen und hielt nach einem passenden Opfer Ausschau. An einer der Feuerstellen entdeckte er eine Frau, die in seine Richtung sah und ihn anlachte. Langsam schlenderte er auf sie zu.

Ihr feuerrotes kurzes Haar bot einen starken Kontrast zu ihrem freizügigen, orangefarbenen Hippieoutfit. Lasziv leckte sie sich über die Lippen und zog ihn mit ihren Blicken regelrecht aus.

Frauen wie sie, willig und leicht zu haben, kamen ihm als Blutwirtinnen gerade recht. Er ließ seinen Blick über ihren Körper wandern und blieb bei ihren Brüsten hängen.

„Hallo mein Süßer! Wow, du siehst ja aus wie Jack Sparrow!", sagte sie und reckte ihm provokativ ihren tiefen Ausschnitt entgegen.

„Mit Verlaub meine Gnädigste, Kapitän Jack Sparrow zu Ihren Diensten", sagte er und verbeugte sich vor ihr.

Sie fing an zu kichern. „Willst du mir nicht einen ausgeben, Seemann?" Sie stand auf und hing sich, ohne seine Zustimmung abzuwarten, bei ihm ein.

Gabriel führte sie entlang des Elbow River, jedoch nicht in Richtung der Buden. Unbemerkt nahm er eine Abzweigung zum Ufer, während sie auf ihn einredete. Dort zog er sie ins Dickicht zwischen den Bäumen.

Hier war es dunkel, keiner würde sie bemerken. Der Hunger nagte an ihm. Alles, was er wollte, war sich an ihr zu nähren. Sie jedoch quasselte einfach weiter, was ihm mächtig auf die Nerven ging. So riss er sie unsanft herum, drückte sie fest gegen einen Baum und hielt ihr den Mund zu.

„Halt endlich deine verdammte Klappe", sagte er und schlug unsanft die Zähne in ihren Hals. Sie bäumte sich auf, versuchte sich zu wehren. Sie hatte jedoch nicht die geringste Chance gegen seinen festen Griff.

Gierig trank er einige Schlucke. Sein Innerstes schien wie ausgedörrt, so als hätte er sich seit Tagen nicht genährt. Er trank und trank und trank.

Er spürte, wie ihr Herzschlag langsamer wurde. Abrupt ließ er von ihr ab. Nur ein paar weitere Züge und er hätte zu viel getrunken, sie vielleicht sogar getötet. Er verschloss die Wunde und gab ihr einen mentalen Befehl. Benommen, aber lebend wankte sie davon.

Fast hätte er die Kontrolle verloren.

Was war nur mit ihm los?

Das war ihm in den langen Jahren seiner Existenz noch nie geschehen.

Gabriel ging in die Hocke und lehnte sich gegen den Baum. Nachdenklich legte er den Kopf in den Nacken. Noch nie war er derart in Aufruhr gewesen. Seine Gedanken glitten zu der schwarzhaarigen Schönheit mit den magischen hellblauen Augen.

Mystique, hallte es durch seine Gedanken.

Sobald er auch nur an sie dachte, begann das Blut in seinen Adern regelrecht zu kochen. Da kam ihm ein Gedanke.

„Nein! Das kann nicht sein! Oder?", sagte er laut. „Könnte es sein, dass ..., dass diese Frau meine Auserwählte ist?" Auserwählte verfügten über magische Fähigkeiten wie Hellsehen, Visionen, Telekinese oder auch Gedankenlesen.

Wenn es so war, musste er es herausfinden. So schnell er konnte, machte er sich auf den Weg ins Village.

*

Als Gabriel zurück zum Festgelände kam, hatte sich bereits eine Menschentraube vor der Absperrung gebildet. Zwei blutrote Tücher hingen an einem Baum, die von beiden Seiten mit Scheinwerfern beleuchtet waren.

Er bahnte sich einen Weg in die erste Reihe. Je näher er kam, desto sicherer war er sich: Mystique war in der Nähe.

Mit dem Einsetzen der ersten mystischen Klänge wurde es still in der Menge und sie trat zwischen den blutroten Tüchern hervor. Sie trug ein sagenhaftes Succubus-Kostüm mit einer gehörnten Maske. Der Anblick des eng geschnürten schwarzen Bodys mit dem Lendenschurz und den dazugehörigen Bein- und Armstulpen, brachte Gabriels Blut in Wallung.

Ihre Bewegungen waren verführerisch und reizvoll. Ihr Körper verschmolz mit den Tüchern in einem einzigartigen erotischen Tanz, dazu vollführte sie klassische Ballettszenen und zog sich schließlich an den Tüchern hinauf in luftige Höhen. Sie drehte sich mehrfach um die eigene Achse und ließ sich dann abrupt nach unten fallen, wo sie den Sturz gekonnt abfing. Sie hing freihändig, wie ein Engel, in den Tüchern und vollführte in luftiger Höhe einen Spagat.

Gabriel war begeistert.

Mystique war eine Teufelin. Eine Verführerin, die ihr Netz wie eine Spinne um ihn webte.

Völlig gebannt beobachtete er, wie sie sich erneut nach oben zog und unter einem lauten Aufschrei des Publikums abrupt nach unten fallen ließ.

Mystique hing kopfüber und warf der Beifall klatschenden Menge Kusshände zu. Dabei drehte sie sich und sah schließlich auch in Gabriels Richtung.

Er lächelte, doch Mystiques Gesichtszüge versteinerten. Während sie sich langsam weiterdrehte, starrte sie ihn vollkommen reglos an und flüsterte dann, unhörbar für die Anwesenden, doch nicht für Gabriel: „Du? Nein, das kann nicht sein!" Dann hatte sie sich weitergedreht, hob die Arme und zog sich erneut an den Tüchern hoch.

Deutlich hatte Gabriel ihre Worte vernommen. Er war sich sicher, dass er ihr noch nie zuvor begegnet war und dennoch schien sie ihn zu kennen.

Ohne noch einen weiteren Blick in seine Richtung zu werfen, fuhr sie mit ihrer Aufführung fort. Bei ihrer letzten Verbeugung jedoch warf sie ihm einen verstohlenen Blick zu, dann machte sie kehrt und verschwand eilig zwischen den Büschen.

Gabriel lächelte in sich hinein. Glaubte sie wirklich, sie könnte ihm entkommen? Seine Sinne waren ganz und gar auf sie und den betörenden Duft ihres Blutes fixiert. Vom ersten Augenblick an hatte er ihn verinnerlicht. Eine feine Kombination von Vanille, Mandel und einem Hauch Moschus. Er würde Mystique unter all diesen Menschen problemlos ausfindig machen. Ihr Duft war einzigartig. Wie ein Hund, der einer unsichtbaren Fährte folgt, nahm er die Verfolgung auf.

Sie führte ihn zurück zum Festivalgelände, direkt zum Zelt der Wahrsagerin.

Er sah gerade noch, wie sie an einem unsicheren Kunden vorbei im Inneren verschwand. Gabriel beschleunigte seine Schritte.

„Bist du dir sicher? Kann es nicht eine Verwechslung sein?", hörte er die Stimme der Wahrsagerin aus dem Zelt dringen.

„Nein, das war kein Traum und auch keine Verwechslung. Seraphine, er war es! Er ist hier", sagte Mystique.

„Beruhige dich meine Liebe. Ich habe dir immer gesagt, dass er eines Tages kommen wird. Gabriel ist deine Bestimmung, du bist seine …"

„Sie ist meine, was?", fragte er, während er zu den Frauen ins Zelt trat.

Beide fuhren erschrocken herum.

„Oh, ihr Vampire seid doch alle gleich. Wie Elefanten im Porzellanladen", sagte die Frau, die Mystique Seraphine genannt hatte. „Sie ist deine Auserwählte", fügte sie hinzu und legte den Arm um Mystique. „Du verwirrst sie ja total. Komm, setzt dich Mystique."

Jetzt war es an Gabriel, verwirrt zu sein. Diese Frau wusste, was er war und dass er seine Auserwählte suchte. Vorsichtig trat er ein paar Schritte zurück.

„Wer bist du und woher weißt du, dass ich ein Vampir bin?"

„Ich bin Wahrsagerin und Medium", sagte sie. „Mein Name ist Seraphine. Vor Jahrzehnten kreuzte ein Vampir meinen Weg. Er benötigte meinen spirituellen Rat. Über die Jahre hinweg wurden wir sehr gute Freunde. Er erzählte mir alles über die Vampire und ihre Auserwählten. Als ich Mystique kennenlernte, berichtete sie mir von ihren Träumen. Von dem Mann, nein, dem Vampir, der sie in ihren Träumen verfolgte und da wurde mir klar, dass sie eine Auserwählte ist."

„Du hast von mir geträumt?", fragte Gabriel Mystique. Sie sah ihn nun ruhig an, die Distanz, die er zwischen sie und sich gebracht hatte, schien sie zu beruhigen.

Sie nickte. „Seit fast zehn Jahren träume ich von dir. Begonnen hatte alles an meinem sechzehnten Geburtstag. Anfangs waren die Träume unregelmäßig und sehr verworren, doch dann häuften sie sich und wurden intensiver. Die ersten Jahre dachte ich, ich wäre verrückt und ein Fall für die Psychiatrie. Bis ich Seraphine traf. Sie führte mich in die Welt der Vampire ein. Langsam verstand ich, was da mit mir passierte. Als ich dich vorhin allerdings im Publikum sah, wäre mir fast das Herz stehen geblieben. Ich hielt dich immer für einen Traum, zugegeben manchmal einen zu realen Traum", sagte sie und errötete, als sich ihre Blicke trafen. „Wie hast du mich gefunden?", fragte Mystique.

„Wie ich dich gefunden habe? Ich habe nicht nach dir gesucht, falls du das meinst. Bis heute wusste ich nichts von deiner Existenz. Als ich jedoch das Plakat deiner Show sah, wusste ich, ich dich sehen muss, und als ich dich sah, wusste ich, dass ich dich besitzen muss. Du bist etwas Besonderes. Noch nie hat mich eine Frau derart fasziniert. Der unvergleichliche Duft deines Blutes lockte mich und an deiner Reaktion, erkannte ich, dass eine Verbindung zwischen uns besteht und so bin ich dir gefolgt."

„Und was jetzt? Ich kann das alles gar nicht glauben und trotzdem stehst du jetzt leibhaftig vor mir", sagte Mystique.

„Gabriel, wie wäre es, wenn du Mystique zu unserem Wohnwagen begleitest? Sie muss sich umziehen und ihr könnt euch vielleicht bei einem Bummel über den Markt etwas unterhalten", sagte Seraphine.

„Ich soll mit ihm allein zu unserem Wagen gehen? Mit einem Vampir?", sagte Mystique und sah zwischen ihm und Seraphine hin und her.

„Keine Angst, ich werde nicht über dich herfallen, außer … du wünschst es", sagte Gabriel und schenkte ihr ein schelmisches Lächeln.

„Oh, ihr Männer seid doch alle gleich", sagte Mystique, nahm lachend ihre Maske ab und schlüpfte in einen Mantel. Gemeinsam verließen sie Seraphines Zelt und machten sich auf den Weg zum Wohnwagen.

*

„Du bist also wirklich ein Vampir?", fragte Mystique, während sie langsam nebeneinander hergingen. „Seraphine hat mir viel über Vampire erzählt. Ihr meidet die Sonne und habt übernatürliche Kräfte. Ihr könnt die Gedanken der Menschen beeinflussen und bewegt euch schneller, als das menschliche Auge es wahrnehmen kann. Und ihr könnt sehr alt werden. Wie alt bist du?", fragte sie und sah ihn neugierig an.

„Ich bin ein Vampir und geboren wurde ich im Jahr 1813."

„Wow, dann bist du ...", sie hielt kurz inne. „Du bist zweihundertacht Jahre alt. Oh mein Gott, was du alles gesehen und erlebt haben musst. Das kann ich mir gar nicht vorstellen", sagte Mystique, als sie am Wohnwagen ankamen und sie die Tür aufschloss. „Komm herein, ich zieh mich schnell um und dann würde ich gerne eine Kleinigkeit essen gehen."

Kurzerhand verschwand sie im hinteren Teil, in dem anscheinend ihr Schlafzimmer lag. Sie hatte die Tür nicht ganz geschlossen und durch einen schmalen Spalt konnte Gabriel im Spiegel beobachten, wie sie sich umzog. Er hätte nicht hinsehen dürfen, aber er konnte seinen Blick nicht von ihr abwenden.

Ihr Körper war makellos, mit Rundungen an den richtigen Stellen. Die schwarzen Spitzendessous, die sie trug, boten einen starken Kontrast zu ihrer blassen Porzellanhaut. Am Rücken und den Armen konnte er Tattoos erkennen, dann schlüpfte sie in ein weit ausgestelltes, schwarzes Samtkleid, zu dem sie kniehohe Stiefel wählte. Er drehte sich gerade noch rechtzeitig zur Seite, als sie die Tür öffnete und zurück in den Wohnbereich kam. Sie schnappte sich Geldbeutel und Handy und verließ mit ihm den Wohnwagen.

*

„Ich habe vorhin einen Stand mit Pancakes gesehen, dafür könnte ich töten", sagte sie und steuerte den Stand an. Dort angekommen orderte sie etwas zu trinken und eine Riesenportion Pancakes, über die sie reichlich Sirup kippte. Sie schnappte sich ihr Essen und sie nahmen auf einer etwas abseits gelegenen Bank Platz.

Amüsiert beobachtete er, wie sie die süße Köstlichkeit regelrecht verschlang. „Eine Kleinigkeit ist etwas anderes", sagte er und brach in Gelächter aus. „Ich hätte nie gedacht, dass jemand einen so riesigen Berg in so kurzer Zeit vertilgen kann."

„Lach nicht! Ich habe seit heute Morgen nichts gegessen", sagte sie, leckte sich genüsslich den restlichen Sirup von den Fingern und warf dann die Reste in den Mülleimer.

Gemeinsam schlenderten sie den abgelegenen Weg am Elbow River entlang.

„Wie ist das mit dem Essen? Ich meine, isst du auch normales Essen oder ... du weißt schon, trinkst du nur Blut?"

„Ich kann menschliche Nahrung zu mir nehmen, aber sie nährt und sättigt mich nicht." Er griff nach ihrer Bierflasche und nahm einen Schluck. „Ich spüre auch keinerlei Wirkung von Alkohol oder Drogen, ich könnte genauso gut Wasser trinken, es berauscht mich nicht. Beiße ich jedoch einen Betrunkenen, spüre ich seltsamerweise die Wirkung des Alkohols. Keine Ahnung, wieso und weshalb, aber es wirkt wie Adrenalin. Es ist nicht nur anregend, sondern auch erregend."

Bei seinen letzten Worten verschluckte Mystique sich. Sie hustete und nahm einen weiteren Schluck Bier. „Echt? Wow, das ist ja wie ein All-inklusive-Buffet."

„Ein All-inklusive-Buffet?", fragte Gabriel, während sie ihn frech angrinste.

„Vielleicht sollte ich heute kein weiteres Bier trinken. Ich will dich ja nicht in Versuchung führen, dich sinnlos zu betrinken", sagte sie und lehrte die Flasche in einem Zug.

„Du bist eine einzige Versuchung!", sagte er. Er packte sie und zog sie in seine Arme. „Du bist regelrecht zum Anbeißen."

Tief sog er den Duft ihres betörenden Parfums ein. Die süße, herbe Patschuli-Note stieg ihm zu Kopf und ließ seine Sinne Amok laufen. Ihren Duft zu inhalieren und dabei ihren beschleunigten Herzschlag zu vernehmen, ließen seine Fänge ausfahren.

Ihre bebenden Lippen forderten ihn unausgesprochen zu einem Kuss heraus. Fest zog er sie in seine Arme und küsste sie.

Mystiques Zunge verlangte Einlass, er ließ sie gewähren. Immer leidenschaftlicher vereinigten sich ihre Zungen in einem erotischen Tanz, während ihre Herzen im gleichen Takt schlugen. Mystique seufze an seinen Lippen und presste ihren Unterleib verführerisch an seinen.

Vorsichtig erforschte sie die Spitzen seiner Fänge mit ihrer Zunge. Nie hätte er gedacht, dass ihn etwas so anmachen würde, aber ihre Zungenspiele raubten ihm den Verstand. Gerade als sein Verlangen nach ihr ins Unermessliche gestiegen war, ließ sie ihre Zunge über seine Fänge wandern und bohrten sich plötzlich tief in ihre Zunge. Gabriel zuckte zusammen.

Oh Gott, was hatte sie getan?

Blut füllte seinen Mund. Mystiques Blut. Sein Innerstes erbebte. Es schmeckte wie reines Ambrosia, wie der Unsterblichkeit bringende Nektar der Götter. Nie hatte er etwas Vergleichbares gekostet. Jetzt war sich Gabriel sicher. Mystique war seine Auserwählte. Sie musste ihn genauso begehren, wie er sie begehrte, sonst hätte sie ihm ihr Blut nicht so freizügig gegeben.

Doch er musste sich zügeln, er wollte sie nicht hier an Ort und Stelle nehmen, obwohl ihm nicht viel Zeit bleiben würde. Die Blutsverbindung war etwas Heiliges. Gabriel wollte ihr die Zeit geben, die sie benötigte. Sie sollte den Zeitpunkt ihrer Wandlung wählen, nicht er.

Er beendete den Kuss, ließ seine Zunge über die Wunde gleiten und blickte ihr tief in die Augen, um irgendein Zeichen der Furcht oder des Zögerns zu erkennen, doch er sah nur Zuneigung.

„Du bist wirklich meine Auserwählte."

„Ich kann das gar nicht glauben", sagte Mystique. „Ich komme mir gerade vor wie in meinem Traum, und doch stehst du nun leibhaftig vor mir. Du siehst genauso aus wie in meinem Traum. Es war immer haargenau derselbe Traum. Ich stand auf einer Anhöhe, unzählige Findlinge säumten den Weg, und ich sah hinab auf die Lichter einer Großstadt. Der Vollmond tauchte die Umgebung in ein mystisches Licht und dann sah ich eine Gestalt, die sich aus den Schatten löste und langsam auf mich zukam. Ich spürte die Gefahr, wollte weglaufen, doch irgendetwas hielt mich zurück."

Mystique sah zu ihm auf. „Deine Erscheinung faszinierte mich. Ein Geschöpf der Nacht, dunkel und düster. Du hast dich als Gabriel vorgestellt und wir unterhielten uns eine Zeitlang über belanglose Dinge, doch dann kamen wir uns näher. Die Luft zwischen uns schien zu vibrieren und dann hast du mich geküsst. Der Kuss war leidenschaftlich und intensiv. Du warst wild und ungezügelt, hast mich an Ort und Stelle verführt und dann gebissen. Der Moment, in dem du deine Zähne in mein Fleisch gegraben und mein

Blut getrunken hast, war das Erotischste, was ich je gespürt habe. Dieser Traum war so real und intensiv, als wären wir wirklich dort gewesen. Und jetzt ... jetzt bist du hier."

„Die Anziehungskraft zwischen einem Vampir und seiner Auserwählten ist sehr stark. Ich glaube, ich kenne den Ort aus deinem Traum. Wie du es beschreibst, kann das nur der Nose Hill Park sein. Er liegt im nordwestlichen Teil Calgarys. Ich liebe diesen Park, seine Abgeschiedenheit, seine Ruhe. Er ist keine zehn Meilen entfernt, wenn du möchtest, können wir hinfahren."

„Ich würde mich gern mit eigenen Augen davon überzeugen, dass es diesen Ort wirklich gibt."

„Na, dann komm! Ich wohne nur ein paar Straßen weiter", sagte er, löste sich aus der Umarmung und reichte ihr die Hand, um ihr beim Aufstehen zu helfen.

Gemeinsam verließen sie das Festgelände.

*

Ein paar Minuten später betraten sie die Lobby des luxuriösen Hochhauses, in dem sich seine Wohnung befand.

„Guten Abend, Mr. Cunningham. Heute schon so früh zurück, Sir? Ist alles in Ordnung?", fragte ihn der Portier.

„Guten Abend, Henry. Ja, es ist alles in Ordnung. Wir wollen nur eine kleine Spritztour machen. Heute ist eine so schöne, sternenklare Nacht."

„Da haben sie recht, Sir. Ich wünsche ihnen und der jungen Dame einen schönen Abend."

„Danke, Henry, ihnen eine ruhige Nacht", sagte Gabriel, stieg mit Mystique in den Fahrstuhl und fuhr nach unten in die Tiefgarage.

„Hier wohnst du? Sehr luxuriös. Die Wohnungen müssen ein Vermögen kosten. Wissen deine Nachbarn, was du bist?", fragte sie ihn.

„Nein, natürlich nicht. Für sie bin ich ein exzentrischer Musikproduzent, der sich mit wilden Partys die Nächte um die Ohren schlägt. Der Sicherheitsdienst ist äußerst diskret. Die Bewohner sind sehr betucht und lassen sich ihre Sicherheit und Anonymität eine Stange Geld kosten."

Im Untergeschoss angekommen, steuerte er auf ein Motorrad zu.

„Wow, ist das deine? Was für eine schöne Maschine."

„Ja, das ist mein Baby. Eine Harley-Davidson FLS Softail Slim. Ich habe sie extra nach meinen Wünschen umbauen lassen", sagte er und strich gefühlvoll mit der Hand über das mattschwarze Leder.

„Männer und ihre Autos, genauer gesagt ihre Motorräder", sagte sie und grinste ihn an.

„Sie war bis jetzt meine einzige Liebe", sagte er, zog Mystique in seine Arme und gab ihr einen zärtlichen Kuss, dann zog er seinen Mantel aus und reichte ihn ihr. „Hier, zieh meinen Mantel über. Die Fahrt könnte etwas kühl werden."

Er nahm zwei Helme von der Ablage. Nachdem sie hinter ihm auf dem Sozius Platz genommen hatte, startete er die Maschine und verließ die Tiefgarage in Richtung Nose Hill Park.

*

Kurze Zeit später erreichten sie den abseits gelegenen Park, den er für seine nächtlichen Streifzüge bevorzugte. Die wenigen Nachtschwärmer, die sich des Nachts in den Park verirrten, bevorzugten einen Besuch bei den Steinkreisen. Wenn er und Mystique sich von diesen Orten fernhielten, würden sie ungestört sein.

Er stellte das Motorrad ab und ging mit ihr einen schmalen Pfad bergauf zu einer Anhöhe. Er ließ seine Sinne über den Hügel wandern und stellte beruhigt fest, dass sie die einzigen Nachtschwärmer waren.

Auf der Anhöhe angekommen, schien Mystique der Anblick zu überwältigen. Überschwänglich drehte sie sich im Kreis. „Oh mein Gott, das ist es. Das ist wirklich der Ort aus meinem Traum. Die atemberaubende Aussicht auf die Berge und auf Calgary, die Findlinge und da steht sogar die Bank, auf der wir …" Sie brach ab, blickte ihn schweigend an und kam dann auf ihn zu.

Mystique schloss die Arme um seine Hüfte, barg ihr Gesicht an seiner Brust. „Du fühlst dich so gut an, so echt und du verschwindest nicht einfach in den Nebeln meiner Träume. Du bist wirklich hier und du bist definitiv ein Vampir", sagte sie.

Jetzt war es an ihm, sie fest an sich zu drücken. Er senkte den Kopf und eroberte ihre Lippen mit einem Kuss, den sie leidenschaftlich erwiderte. Sein Verlangen nach ihr steigerte sich ins Unermessliche. Sie raubte ihm den Atem.

Ihr Herzschlag beschleunigte sich und sie atmete schwer, während sie sich verführerisch an ihn schmiegte. „Gabriel … bitte … beiß mich!", drang ihre heisere Stimme an seine Ohren.

Jetzt gab es für ihn kein Halten mehr. Er schob sie zu der Bank und ließ sich dort mit ihr nieder. Der Hunger nach ihr brannte in seinen Adern. Ihr Blut lockte ihn wie eine Motte das Licht.

„Gabriel, bitte", flehte sie ihn an. Sie griff nach ihm und zog seine Lippen an ihren Hals.

Ihr Flehen war zu viel für ihn. Augenblicklich stieß er die Fänge in ihr Fleisch. Der erste Schluck ihres Blutes ließ ihm regelrecht die Sinne schwinden. Es war intensiver als alles, was er je zuvor erlebt hatte. Ein tiefes Gefühl der Verbundenheit überkam ihn.

Mystique, meine Auserwählte, meine Frau, dachte er.

Ihr leises Stöhnen riss ihn aus den Gedanken. Widerwillig löste er die Lippen von ihrem Hals. In seiner grenzenlosen Gier hätte er sie auch ganz aussaugen können, doch er wollte nicht nur ihr Blut, er wollte ihren Körper, ihren Geist, ihre Liebe. Sie war seine Auserwählte und er wollte sie gebührend in seine Welt einführen.

Behutsam strich er über die Wunde.

Mit halb geschlossenen Augen blickte sie ihn an, legte die Arme um seinen Hals und zog ihn für einen Kuss an sich.

Er wusste nicht, wie viel Zeit vergangen war, als er plötzlich spürte, nicht mehr allein waren.

Jemand näherte sich. Er war menschlich und dennoch schrillten Gabriels Alarmglocken. Er löste sich von Mystique und setze sich auf.

„Pst", sagte er und legte den Finger auf die Lippen. „Wir sind nicht allein."

Gabriel lauschte. Er hörte vier Personen, die den Hügel hinaufkamen. Sie steuerten den großen Findling oberhalb des Pfades an.

Er nahm Mystiques Hand und schlich mit ihr in die Richtung, aus der die Geräusche kamen. Sie versteckten sich hinter einem Busch und warteten ab.

Vier Männer kamen den Pfad herab. Zwei zogen einen Sack hinter sich her, in dem sich ein wild fauchendes Tier befand. Ein weiterer Mann ging hinten, doch der vierte schritt vorneweg und von diesem Mann ging eine starke, machtvolle Aura aus. Gabriel spürte, dass von diesem Mann Gefahr drohte.

Er beobachtete, wie die Männer sich vor dem Findling versammelten. Der Mann mit der bedrohlichen Aura stand in der Mitte, während die anderen sich um ihn herum platzierten.

Leise Gesänge waren zu hören. Sie klangen rhythmisch und intonierend. Jetzt wusste

Gabriel, wen er hier vor sich hatte. Dieser Mann war ein Schamane der First Nations.

„Wer sind die und was machen die da?", fragte Mystique.

„Das ist ein Schamane, er scheint irgendeine Art von Ritual zu vollziehen", sagte er. Schamanen waren Zauberer, Heiler und Propheten, aber Gabriel hatte auch von Schamanen gehört, die auf die Jagd gingen. Sie trieben böse Geister aus, hoben Flüche auf, betrieben Exorzismus oder machten Jagd auf Vampire, Werwölfe und andere übernatürliche Wesen.

„Wir müssen leise sein, irgendetwas stimmt hier nicht. Dieser Mann ist gefährlich."

Anscheinend hatten die Männer den Höhepunkt ihres Rituals erreicht, denn sie verstummten abrupt. Der Schamane nahm eine Kette vom Hals und hob den runden Anhänger in die Höhe. Gabriel erkannte, dass es sich dabei um ein Triskele handelte. Ein ineinander verschachteltes Knotenmuster aus dem Keltischen stammte. Der Schamane begann eine Art Zauberspruch zu intonieren, während die Männer das Tier aus dem Sack zogen.

Das Tier war etwa einen Meter groß und glich einem Kojoten. Seine Haut jedoch war ledrig grün und aus seinem Rücken ragten Stachel. Mit

Leuchtend roten Augen und einem scharfen Raubtiergebiss schnappte es um sich.

Gabriel stieß einen Fluch aus. „Verdammt, das ist ein Chupacabra, ein Ziegensauger", sagte er.

„Ein was? Ein Chupacabra? Aber das sind doch nur Sagengestalten", sagte Mystique.

„Genauso wie Vampire?", fragte er und blickt in ihr ungläubiges Gesicht. „Das ist ein Chupacabra, das kannst du mir glauben. Die meisten Sagen und Monstergeschichten haben einen wahren Kern. Viele dieser Geschöpfe existieren wirklich. Ob Chupacabra, Wendigo, Bigfoot oder Vampire ... Sie existieren!"

Plötzlich glühte das Triskele, das der Schamane in die Höhe hielt auf. Ein gleißend helles Licht breitete sich aus. Es erfasste Gabriel und augenblicklich verspürte er unsagbare Schmerzen. Es war, als würde es ihn von innen heraus verbrennen. Er krümmte sich zusammen und ging in die Knie.

Auch der Chupacabra heulte auf. Dann erlosch das Licht und er verstummte.

Gabriel stöhnte. Er versuchte sich zu bewegen, aber er war wie gelähmt.

„Gabriel! Was ist los?", rief Mystique und zog ihn in ihre Arme.

„Dieses Licht ... das war pure Sonnenenergie. Ich dachte ... ich dachte, ich würde verbrennen", stammelte er und versuchte erneut, sich aufzurichten, was ihm jedoch nicht gelang.

Mystique hielt ihm ihr Handgelenk hin. „Gabriel, trink! Seraphine hat gesagt, Sonnenlicht tötet euch. Du musst trinken. Du musst wieder zu Kräften kommen."

Er blickt in ihr besorgtes Gesicht und wusste, dass sie recht hatte. Er legte die Fänge an ihre zarte Haut, durchbrach ihr Fleisch und trank.

Ihr Blut vertrieb die Schmerzen, im Handumdrehen war er wieder bei Kräften und stand auf. Er warf einen Blick auf die Stelle, wo die Männer gestanden hatten, doch die hatten bereits den Rückweg angetreten.

Vom Chupacabra war keine Spur zu sehen. Er war verschwunden. Gabriel war sich sicher, dass er tot war.

„Ich muss umgehend Samuel Nightingale informieren. Er ist unser Magistrat und für Sicherheit und Ordnung zuständig. In letzter Zeit gab es vermehrt tödliche Angriffe auf Menschen, durch einen Baykok. Für uns Vampire hat unentdeckt zu bleiben höchste Priorität. Wenn der Schamane und seine Jäger hinter dem Baykok her sind, könnten sie auch auf uns aufmerksam werden."

*

Gabriel verschwendete keine Zeit und kehrte umgehend mit Mystique zu seiner Wohnung zurück. Dort angekommen griff er sofort zum Telefon.

„Guten Abend Sir, hier ist Gabriel. Verzeiht die späte Störung, aber es ist etwas passiert." Er holte Luft und berichtete von dem Erlebnis im Nose Hill Park. „Das wirklich beunruhigende daran ist aber, dass es mir buchstäblich den Boden unter den Füßen weggerissen hat. Sir, ich bin mir sicher, wenn ich auch nur etwas näher dran gewesen wäre, hätte dieses Ritual auch mich ausgelöscht."

„Das sind in der Tat beunruhigende Neuigkeiten, Gabriel. Wir hatten seit Jahren keine Jäger in Alberta", sagte Samuel. „Auch ich habe keine guten Neuigkeiten zu berichten. Auf meiner heutigen Patrouille bin ich dem Geruch von frischem Blut gefolgt. Von einer Baumreihe am Rande eines Friedhofs ging ein besonders starker Blutgeruch aus. Dort fand ich den leblosen Körper eines Mannes. Plötzlich ertönten schrille, hohe Schreie. In den Baumwipfeln über mir saß der Baykok. Wie ein dunkler Schatten thronte er über mir und starrte mich an. Seine

Augen glühten, als er langsam den Baum herunterkam. Sein Gerippe war von ledriger Haut überzogen. Auf dem Rücken trug der er seinen knöchernen Bogen, mit den unsichtbaren Pfeilen, mit denen er seine Opfer betäubt. Gerade als ich meine Schwerter ziehen wollte, drehte der Dämon den Kopf und sah sich um, gerade so als hätte ihn jemand gerufen. Dann machte er kehrt und erhob sich in die Lüfte. Ich sah ihm nach, als das teuflische Lachen einer Frau erklang. Ich spürte ihre Anwesenheit, auch wenn sie versuchte sich vor mir zu verbergen. Gabriel, diese Frau ist eindeutig ein Vampir und sie befehligt den Baykok."

„Sie ist ein Vampir?", fragte Gabriel überrascht. „Was bezweckt sie damit?"

„Ich weiß es nicht, aber ich werde es herausfinden. Irgendwie kontrolliert sie den Baykok. Ich muss die anderen informieren und sie zu absoluter Vorsicht anhalten und ich werde Chief Lightcrow von den First Nations, kontaktieren. Wenn jemand etwas über die Jäger weiß, dann er. Er ist uns seit langem wohlgesonnen, das gilt natürlich nur solange kein Stammesmitglied zu Schaden kommt."

„Das ist alles sehr beunruhigend, Sir. Es gibt allerdings noch eine Neuigkeit, aber eine gute. Ich bin heute auf dem Beltane Fire Festival meiner Auserwählten begegnet. Ihr Name ist Mystique, und wenn sie mich haben will, werde ich noch innerhalb dieses Mondfestes die Blutsverbindung mit ihr eingehen."

„Das sind in der Tat gute Neuigkeiten! Meine besten Wünsche für dich und deine Auserwählte. Der Tradition entsprechend freue ich mich, wenn du mit ihr bei mir vorstellig wirst."

*

Mystique lauschte aufmerksam Gabriels Telefonat. Noch immer konnte sie es nicht fassen, doch Gabriel stand leibhaftig vor ihr.

Gerade berichtete er dem Magistrat, dass er die Blutsverbindung mit ihr eingehen wolle. Dabei sah er auf und sein Blick ließ Mystique erbeben.

Wie ein wahr gewordener Traum stand er vor ihr. Ihre Träume waren schon immer sehr intensiv gewesen. Anfangs hatte sie Furcht und Panik empfunden, doch mit der Zeit hatte sie ihre Ängste verloren, und die anfangs quälenden Träume waren zu etwas Vertrautem geworden. Mit der Zeit hatte sie Gefühle für Gabriel entwickelt.

Gabriel ist mein wahr gewordener Traum, dachte sie. Instinktiv griff sie sich an den Hals, an die Stelle, wo Gabriel sie gebissen hatte. Sie konnte es nicht erwarten, dass er es wieder tat und noch viel mehr. Jetzt, wo er vor ihr stand und sie anblickte, wusste sie, dass sie ihn liebte. Sie würde bei ihm bleiben, auch wenn es bedeutete, dass sie ihr bisheriges Leben aufgeben musste.

Sie teilte sich mit Seraphine seit ein paar Jahren eine Wohnung in L.A. Schon immer hatte Seraphine ihr gesagt, dass der Tag kommen würde, an dem sie sie verlassen und ein neues, geheimnisvolles Leben an Gabriels Seite beginnen würde.

Heute war es so weit.

Mystique würde bleiben und die Blutsverbindung mit ihm eingehen. Sie dachte an Seraphine. Sie würde sich bestimmt Sorgen machen, wenn sie nicht zurückkäme und auch nichts von sich hören ließ. Mystique griff zum Handy um ihr eine Nachricht zu schicken:

„Hallo Seraphine. Ich wollte dich nur wissen lassen, dass es mir gut geht. Ich bin bei Gabriel und ich werde diese Nacht bei ihm bleiben. Du hattest in allem recht. Wir sind füreinander bestimmt. Ich melde mich morgen, dann können wir alles Weitere besprechen."

„PS: Liebe Grüße an deinen Bekannten. Viel Spaß. Ich habe dich lieb!"

*

Gabriel beendete das Telefonat und wählte die Nummer des Zimmerservices. Er gab die Bestellung durch und beobachtete dabei Mystique, wie sie gedankenverloren aus dem raumhohen Panoramafenster blickte.

Wie würde sie sich entscheiden?

Würde sie bei ihm bleiben?

Um für eine entspannte Situation zu sorgen, legte Gabriel eine CD ein, regelte die Lautstärke auf ein angenehmes Maß und dämmte das Licht. Da klopfte es auch schon an der Tür. Es war der Zimmerservice. Gabriel wies den Butler an, die Bestellung auf dem Wohnzimmertisch abzustellen, gab ihm ein angemessenes Trinkgeld und verschloss die Tür hinter ihm. Dann ging er zu Mystique ins Wohnzimmer, legte die Arme von hinten um sie und zog sie fest in seine Arme.

„Geht es dir gut? Ich habe dir ein paar Canapés mit allerlei Köstlichkeiten kommen lassen."

Langsam drehte sie sich zu ihm um und blickte ihn einige Zeit nur schweigend an.

Ihr Blick ließ ihn erschaudern. Angst stieg in ihm auf. Würde sie ihn etwa zurückweisen?

„Ja", sagte sie dann. „Ja. Mir geht es gut und ja, ich will die Blutsverbindung mit dir eingehen." Sie zog ihn an sich und küsste ihn. Ihr Kuss schien ewig zu dauern, bis sie sich mit einem zärtlichen Biss in seine Unterlippe von ihm zurückzog. „Einen Wunsch hätte ich allerdings noch. Einen letzten Sonnenaufgang."

Er schloss die Hände um ihr Gesicht und hauchte einen zärtlichen Kuss auf ihre Lippen. „Dein Wunsch ist mir Befehl. Ich werde mich zügeln, du bestimmst das Tempo und den Zeitpunkt unserer Blutsverbindung. Alles liegt in deiner Hand. Ich werde dich zu nichts zwingen und dir die Zeit lassen, die du benötigst. Komm, setz dich, du solltest etwas essen, es sind noch gut zwei Stunden bis Sonnenaufgang", sagte Gabriel.

Mystique schob sich genüsslich ein Canapé in den Mund. Samuel beobachtete sie, dann goss er zwei Gläser Rotwein ein und reichte ihr eines davon.

„Dein letztes Glas Wein und deine letzte Nahrung als Mensch. Präge dir den Geschmack gut ein. Wenn die Wandlung vollzogen ist, wird alles an Geschmack verlieren. Nur noch Blut wird dich nähren. Ich bin ein geborener Vampir und ich kenne nur den Geschmack von Blut, aber ich habe mir sagen lassen, dass man menschliche Nahrung anfangs vermisst."

Zärtlich sah er sie an. „Heute Nacht wirst du mein Blut empfangen und morgen Abend wirst du das erste Mal selbst jagen. Wir benötigen alle fünf bis sechs Tage Blut. Seraphine hat dir bestimmt schon einiges erzählt, ich werde dir alle weiteren Fragen beantworten."

Mystique drehte das Weinglas in ihrer Hand und betrachtete es eingehend. „Werde ich in Zukunft auch dein Blut trinken können oder passiert das nur während der Wandlung?"

Über seine Lippen kam ein breites Grinsen. „Der Blutaustausch unter Paaren soll sehr erregend und animalisch sein und zudem ist es die einzige Möglichkeit, einen Vampir zu zeugen. Es gibt nur geborene Vampire und gewandelte Auserwählte."

„Du warst besorgt wegen der Jäger. Ich weiß, dass ein Vampir nur durch Sonnenlicht und Enthauptung sterben kann. Gibt es viele Jäger? Ich möchte mich nicht immer verstecken müssen", sagte sie und leerte ihr Glas.

„Über Jahrhunderte hinweg sind wir immer wieder verfolgt worden. In der heutigen Zeit ist es aber viel einfacher, im Verborgenen zu leben. Es gibt jedoch immer wieder Menschen, die uns jagen. Und dieser Schamane ist eine große Gefahr. Noch nie habe ich jemanden so viel Macht einsetzen sehen."

Gabriel wandte sich ihr zu und gab ihr einen Kuss, von dem er hoffte, dass er beruhigend war. „Der Magistrat kümmert sich darum, wir müssen nur vorsichtig sein. Samuel kam 1664 in die Provinz New York. Seine Familie stammte aus England und gehörte zu den ersten Siedlern. Noch im selben Jahr wurde sein Vater von einem Jäger getötet. Samuel übernahm dessen Amt als Magistrat und führt nunmehr seit mehr als dreihundert Jahren die Region Atlanta als Magistrat. Er ist mein Patenonkel und mit über tausend Jahren einer der ältesten Vampire, die existieren."

„Wow, so alt ist er?", fragte Mystique nachdenklich und schmiegte sich an Gabriel. „Meine Auftritte und mein Publikum werden mir fehlen", sagte sie nachdenklich. „Ich habe mir schon immer Gedanken gemacht, wie es sein würde, dich zu treffen und mit dir zu leben. Ich wusste, dass ich mich dann damit abfinden muss, keinen Sonnenaufgang mehr zu sehen. Da ich durch meine Shows fast nur nachts unterwegs bin, ist das keine Umstellung für mich, aber nicht mehr in die Seile zu können und meine Shows aufzuführen, ist für mich fast unvorstellbar."

Gabriel stand auf und streckte ihr die Hand entgegen. „Komm mit, ich muss dir etwas zeigen." Er führte sie quer durchs Wohnzimmer, an der offenen Küche vorbei in den hinteren Teil der Wohnung.

Hier führte eine große Flügeltür in sein Schlafzimmer. Gabriel trat heran und öffnete sie mit großer Geste.

„Oh Gabriel", rief Mystique, „das ist ja ein fantastischer Raum!" Sie trat ein und drehte sich voller Übermut im Kreis. „Dein Schlafzimmer ist ja der reinste Ballsaal."

„Ein Etagenloft mit Panoramaverglasung und acht Meter hohen Decken. Auf der Galerie sind es immer noch knapp vier Meter. Das sollte für deine Seile ausreichend sein, meinst du nicht? Wenn du möchtest, kannst du dir die Galerie ganz nach deinem Geschmack einrichten", sagte er und führte sie über eine Treppe auf die Galerie. Von hier hatte man einen schönen Blick auf sein geräumiges Schlafzimmer.

„Wow, Gabriel hier ist genügend Platz, um meinen ganzen Hausstand unterzubringen und die Höhe ist absolut ausreichend", sagte sie und lehnte sich über die Brüstung. „Ist das ein Pool da draußen auf der Terrasse?", fragte sie, stürmte die Treppe wieder hinunter, öffnete die Terrassentür und trat hinaus.

Er folgte ihr hinaus auf die Terrasse.

„Das ist ja traumhaft, sieh dir nur diese Aussicht an!"

„Von hier oben bietet sich einem ein sagenhafter Sonnenaufgang. Auch wenn ich ihn leider nicht in seiner vollen grenzenlosen Schönheit genießen kann", sagte Gabriel und drückte auf dem Tablet den Befehl zum Schließen der Jalousien. Mit einem leisen Surren schloss sich die komplette Glasfront.

Gabriel ging zurück ins Wohnzimmer, um sich seinen Mantel zu holen. Im Flur nahm er sich noch Handschuhe und einen Hut aus dem Schrank, dann ging er zurück zu Mystique.

Sie stand an der Balustrade und blickte über die Lichter der Stadt. Am Horizont war schon das zarte Erwachen des neuen Tages zu sehen. Gabriel trat hinter sie, legte die Arme um sie und nahm ihre Hände in seine.

„Oh, Handschuhe", sagte sie und drehte sich zu ihm herum. „In meinem Eifer habe ich ganz vergessen, dass du den Sonnenaufgang ja nicht mit mir zusammen ansehen kannst."

„Ich werde so lange bei dir bleiben, wie es mir möglich ist, ohne in Flammen aufzugehen", sagte er und zog sich den Hut ins Gesicht.

„Danke, Gabriel", sagte Mystique, küsste ihn zärtlich und drehte sich dann wieder in Richtung der erwachenden Sonne.

Der Himmel hatte bereits ein schwaches Rot angenommen. Es würde nicht mehr lange dauern. Gabriel strich Mystiques Haar beiseite und legte ihren Hals frei.

Zärtlich küsste er ihre samtweiche Haut. Mystique seufzte. Er fasste ihr unter den Rock, bekam ihr Höschen zu fassen und riss es ihr mit einer schnellen Bewegung vom Leib.

Auffordernd streckte sie ihm den Hintern entgegen.

Er schob ihren Rock nach oben und drang von hinten in sie ein. Wie gut sie sich anfühlte. So warm, so feucht. Immer schneller stieß er in sie. Seine Fänge waren mittlerweile vollständig ausgefahren. Der Drang sie in ihren zarten Hals zu schlagen, war überwältigend.

Mystique schien es ebenso zu gehen, denn die flehte: „Gabriel bitte, beiß mich. Ich kann nicht mehr, ich muss dich ganz und gar spüren. Trink von mir."

Er trieb sie weiter an den Rand des Höhepunkts. Zitternd wand sie sich unter ihm, flehte und reckte ihm ihren Hals entgegen. „Bitte!", schrie sie.

Gabriel schlug seine Zähne in ihren Hals.

Mystique schrie vor Schmerz auf. Blut schoss ihm in den Mund und er trank in tiefen Zügen. Dabei stieß er weiterhin in sie und spürte bald, wie ihr Orgasmus sie überrollte.

Zuckend und laut stöhnend kam sie über das Geländer gebeugt. Da durchbrachen die ersten Sonnenstrahlen den Horizont und fielen auf Mystiques ausgestreckte Arme. Auch Gabriel spürte sie auf dem Gesicht.

„Danke, Gabriel. Danke, für diesem unbeschreiblichen Sonnenaufgang."

Dann hob er sie hoch und trug sie ins Haus. Eilig schloss Gabriel die Tür hinter sich und ließ die letzte Jalousie herunter. Er setzte Mystique vor dem Bett ab, zog ihr das Kleid aus und entledigte sich ebenfalls seiner Kleidung. Dann sah er sie an. Sie war so unsagbar schön, so perfekt.

Plötzlich weiteten sich ihre Augen. „Oh mein Gott, Gabriel! Dein Gesicht, du hast dich verbrannt."

„Das ist nichts, was dein Blut nicht wieder in Ordnung bringen könnte", sagte er, beugte sich zu ihr hinunter und schlug die Fänge in ihre Brust.

Sie bäumte sich auf, stöhnte und klammerte sich an ihn.

Gabriel nahm nur ein paar Züge, dann löste er die Lippen von ihrer Brust und blickte sie an. Sie sah ihn mit einem Blick an, der ihn bis in seine Grundfesten erschütterte. Sie war seine Frau, seine Auserwählte. Gleich würde er vollenden, was er begonnen hatte und sie zu der Seinen machen.

„Deine Verbrennungen heilen bereits", sagte sie überrascht.

„Das ist einzig und allein dein Verdienst", sagte er und küsste sie leidenschaftlich.

„Gabriel", stöhnte sie an seinen Lippen. „Ich brauche dich, jetzt", sagte sie und zog ihn aufs Bett.

Noch ehe er sich versah, hatte sie sich auf ihn gesetzt und begann ihn zu reiten. Ihre Bewegungen raubten ihm den Atem. Gabriel konnte seinen Orgasmus nicht mehr lange hinauszögern. Er fügte sich mit seinem Fingernagel eine Wunde am Hals zu, aus der augenblicklich Blut hervorquoll. „Trink, mein Engel, und werde eins mit mir, werde meine Frau!"

„Gabriel", brachte sie nur keuchend hervor, und beugte sich über ihn.

Als Mystiques die Lippen an seinen Hals legte und zu saugen begann, kam er augenblicklich. Auch ihr Höhepunkt erfasste sie und ließ sie noch fester an seinem Hals saugen. Noch nie hatte er etwas Derartiges erlebt. Der Höhepunkt war atemberaubend, er glaubte, nichts mehr zu fühlen, außer den Wellen der Lust, die ihn überrollten.

Jetzt war es an ihm, die Verbindung zu vervollständigen. Er griff ihr in den Nacken, zog sie zu sich und grub seine Fänge in ihrem Hals.

Mystique stöhnte auf. Sie zitterte und wurde langsam schwächer.

Sein Blut vermischte sich mit dem ihrem. Gabriel spürte, wie sich ihr Herzschlag verlangsamte. Ihre Atmung flacher wurde.

Schließlich brach sie bewusstlos auf ihm zusammen. Er schloss die Arme fest um sie, ganz so, als wolle er sie nie wieder loslassen.

„Schlaf, mein Engel, heute Abend beginnt dein neues Leben."

*

Samstag, 01. Mai 2021 - Zweite Beltanenacht

Gabriel konnte es immer noch nicht fassen, doch Mystique lag neben ihm und schlief. Zärtlichen strich er ihr eine Strähne aus dem Gesicht.

Bald würde sie erwachen und dann würde sie sich das erste Mal nähren müssen. Er griff zu seinem Handy, wählte eine Nummer und gab die Bestellung auf.

„Pizza", hörte er plötzlich ihre Stimme. „Wofür hast du denn eine Pizza bestellt?"

„Guten Abend, mein Engel. Wie fühlst du dich?", fragte er und küsste sie. „Du musst dich nähren und um dir zu zeigen, wie du es machst und auf was du achten musst, bietet der Pizzabote ein hervorragendes Versuchsobjekt."

Gabriel setzte sich auf und schob sein Haar beiseite. „Du wirst überwiegend am Hals trinken. Mit deiner vampirischen Gabe erkennst du das Pulsieren der Halsschlagader und du hörst den steten Fluss des Blutes. Wenn du trinkst, nimmst du den Herzschlag deines Opfers wahr. Sobald er sich verlangsamt, musst du aufhören zu trinken, sonst tötest du dein Opfer. Hast du genug getrunken, fährst du mit der Zunge über die Wunde, um diese zu verschließen. Wenn du von einem Menschen trinkst, musst du ihn dir gefügig machen und anschließend sein Gedächtnis löschen. Es reicht, wenn du deine Gedanken auf ihn projektiert. Er kann dir nicht widerstehen und er wird die letzten Minuten vergessen oder sich an ein schönes Erlebnis erinnern. Es liegt ganz bei dir."

„Wie oft muss ich das machen?", fragte sie.

„Alle drei bis vier Tage. Wenn du dich nicht regelmäßig nährst, fällst du in einen schlafähnlichen Zustand und irgendwann stirbst du. Wenn du hungrig bist oder erregt, fahren deine Fänge automatisch aus." Er grinste. „Ich biete mich gerne als Versuchsobjekt an", sagte er und streckte ihr seinen Hals hin.

*

Gabriel sah so verführerisch aus. Sie fuhr die Ader an seinem Hals mit ihren Fingern nach. Ihr Blick schärfte sich. Deutlich konnte sie das Pulsieren seines Blutes unter der Haut wahrnehmen. Ihre neuen Fänge waren bereits ausgefahren.

Vorsichtig legte sie die Lippen an seinen Hals und küsste ihn. Das Blut in seinen Adern schien regelrecht nach ihr zu rufen. Sie legte die Fänge an sein Fleisch und durchbrach es mit Leichtigkeit. Der erste Schwall seines Blutes schoss in ihren Mund. Gabriels Blut vermischte sich mit ihrem und setzte ihren Körper unter Strom. Ihre Herzen schlugen im gleichen Takt.

„Mystique, du musst aufhören", sagte Gabriel plötzlich. „Nimm beim ersten Mal nicht zu viel. Fünf bis zehn tiefe Züge sind ausreichend."

Sie löste die Lippen von seinem Hals und fuhr mit der Zunge über die Wunde. Fasziniert beobachtete sie, wie sie sich verschloss.

Gabriel zog sie in seine Arme, küsste sie und schlug dann ebenfalls die Fänge in ihren Hals.

Sie warf den Kopf in den Nacken und stöhnte leise auf. Dann ließ Gabriel von ihr ab.

„Komm, wir müssen aufstehen. Die Pizza kommt gleich. Anschließend müssen wir zum Magistrat, ich muss dich ihm offiziell als meine Auserwählte vorstellen."

Keine zehn Minuten später klingelte es an der Tür. Mystique öffnete und bat den Pizzaboten in die Küche. Sie nahm ihm den Karton ab und legte ihn auf den Tresen. Dann griff sie in seinen Nacken, zog seinen Hals an ihre Lippen und gab ihm einen mentalen Befehl:

Hab keine Angst, es wird nicht wehtun. Du wirst dich nach meinem Kuss an nichts erinnern.

Mystique betrachtete die Halsschlagader des jungen Mannes, die ebenso wie Gabriels intensiv pulsierte. Sie legte die Fänge an die empfindliche Stelle unterhalb des Ohrs und biss zu. Sein Blut rann ihre Kehle hinab. In tiefen Zügen trank sie und ließ nach kurzer Zeit von ihm ab, genauso wie Gabriel es ihr geraten hatte. Sie leckte über die Wunde und blickte Gabriel an.

„Das hast du perfekt gemacht, mein Engel", sagte er und reichte ihr ein paar Scheine, um den Boten zu bezahlen. Ein großzügiges Trinkgeld durfte natürlich nicht fehlen.

Mystique steckte dem Pizzaboten das Geld zu und wies ihn an zu gehen. Er nickte ihnen beiden zu und verließ die Wohnung.

„Du bist ein Naturtalent", sagte Gabriel und küsste sie. „Wir müssen jetzt los und den Magistrat aufsuchen. Vielleicht hat er schon Neuigkeiten zu den Jägern oder zur Vampirin und dem Baykok.

*

Nach kurzer Fahrt erreichte Gabriel Samuels Anwesen. Sie warteten im Vorzimmer zu dessen Büro, bis Samuels Butler Alfred sie bat einzutreten.

Samuel Nightingale saß hinter seinem Schreibtisch und zog gerade an seiner Pfeife, als Gabriel mit Mystique den Raum betrat. Er stand auf und kam auf sie zu.

„Gabriel, willst du mir nicht deine reizende Begleitung vorstellen?", sagte er und reichte Mystique die Hand. „Samuel Nightingale", stellte er sich vor und deutete eine elegante Verbeugung an. „Es freut mich, dich kennenzulernen und als Gabriels Auserwählte willkommen zu heißen."

„Ich … ich kenne Sie", sagte Mystique zögernd. „Sie sind Seraphines Bekannter. Ich habe Sie bei Ihrem letzten Besuch in Los Angeles gesehen. Ich bin Mystique", sagte sie.

„Oh ja, Mystique. Seraphine hat mir von dir und deinen Träumen erzählt. Wer hätte gedacht, dass es Gabriel ist, von dem du träumst? Wie klein die Welt doch ist", sagte er und gab ihr einen Kuss auf die Stirn. „Setzt euch!" Er wies auf die beiden Stühle, die vor seinem Schreibtisch standen.

„Gibt es irgendwelche Neuigkeiten Sir?", fragte Gabriel.

„Die gibt es in der Tat und es sind keine guten. Ich habe bereits mit Chief Lightcrow gesprochen. Er sagt, er ist gestern über die Anwesenheit der Jäger informiert worden. Sie folgen einem Wesen, wahrscheinlich dem Baykok, das eine blutige Spur durch die Staaten gezogen hat und nun hier angekommen ist. Chief Lightcrow hat den Jägern unsere Unterstützung zugesagt, aber der Schamane ist sehr misstrauisch und er hasst Vampire. Sollte auch nur ein Mitglied der First Nations zu Schaden kommen, wird es große Probleme geben."

Samuel sah ihn ernst an: „Das dürfen wir nicht zulassen, Gabriel. Ich habe alle informiert, doch Eskil konnte ich nicht erreichen. Gabriel, die Jäger halten sich in Banff auf. Sie wohnen dort der Geburtstagsfeier eines Ältesten bei. Wir müssen Eskil unbedingt informieren. Ich mache mir ernsthafte Sorgen um ihn."

Gabriel zog sein Handy aus der Tasche und wählte Eskils Nummer. Auch nach mehrmaligem Klingeln nahm er nicht ab. „Savannah ist die Enkelin des Ältesten, der Geburtstag hat", sagte Gabriel. „Sie ist ebenfalls in Banff. Ich werde sie anrufen", sagte er und wählte ihre Nummer.

Auch hier nahm niemand ab.

Er wählte Eskils Nummer abermals, ohne Erfolg. „Verdammt! Eskil geht immer an sein Handy, wenn ich ihn anrufe. Irgendetwas stimmt da nicht. Wir müssen sofort nach Banff."

*

Eskil

Kopfschüttelnd verließ Eskil das Moonwalker. *Wäre Gabriel nicht mein bester Freund, hätte ich ihn schon längst einen Kopf kürzer gemacht. Manchmal führt er sich auf wie mein Vater. Was schon ziemlich verrückt ist, wenn man bedenkt, dass ich zweihundert Jahre älter bis als Gabriel,* dachte Eskil.

Er stieg in den Wagen, setzte die Hunde zu Hause ab und fuhr danach direkt nach Downtown. Er liebte die Jagd in den belebten Straßen, genau dort, wo Touristen und Einheimische am späten Abend durch die Shoppingmalls zogen oder entspannt ihr Feierabendbier genossen. Hier hatte er leichtes Spiel mit seinen Opfern. Er fand sie in Bars und Geschäften oder er folgte ihnen in eine der dunklen, abgeschiedenen Gassen. Hier fiel es niemandem auf, wenn er sich an ihnen nährte.

Langsam schlenderte Eskil die Straßen entlang und hielt nach einem geeigneten Opfer Ausschau. Wie ein Raubtier sondierte er die Menschenmenge. Sein Blick fiel auf die andere

Straßenseite und da sah er sie. Vollbepackt mit Einkaufstüten eilte sie die Straße entlang.

Sie war hübsch. Langes dunkles Haar umrahmte ihr Gesicht. Ihre dunklen verführerischen Augen zogen ihn in ihren Bann. Ihre Lippen waren voll und einladend.

Seine Sinne waren ganz auf sie fixiert. Unbemerkt folgte er ihr, als sie um die Ecke bog und das nächste Parkhaus ansteuerte.

Sie eilte die Treppe hinunter und steuerte auf einen Wagen zu, der in der letzten Reihe stand.

Eskil ließ seine übernatürlichen Sinne durch den Raum wandern, nur um sich zu versichern, dass sie allein waren. Schneller als die junge Frau es registrieren konnte, war er bei ihr, packte sie und zog sie in eine dunkle Ecke. Er ließ ihr keine Gelegenheit, sich zu wehren, und gab ihr den mentalen Befehl still zu sein.

Er ließ seinen Blick über ihren Körper wandern. *Wie sie wohl schmeckt,* fragte er sich und legte seine Lippen auf ihre.

Sie schmeckte köstlich. Sie weckte seinen Hunger. Seinen körperlichen Trieben ging er nur selten nach. Seinen Blutdurst zu stillen hatte absoluten Vorrang. Er war nicht wie Gabriel, der seine Blutwirtinnen nur allzu gern verführte.

Eskil löste die Lippen von den ihren und küsste ihren zarten Hals. Seine Fänge waren ausgefahren und drängten ihn, sie ich ihr Fleisch zu schlagen. Er gab dem immer stärker werdenden Drang nach. Gierig begann er zu trinken. Ihr Blut war in diesem Moment alles, was er von ihr begehrte.

Als ihr Herzschlag sich verlangsamte, ließ er von ihr ab. Dann schloss er die Wunde und schickte sie ohne Erinnerung an die letzten Minuten zu ihrem Auto. Er sah ihr noch nach. Sie wankte davon, stieg ein und fuhr weg. Ihr Blut würde ihn über die nächsten Tage bringen und es ihm ermöglichen, die Beltanenächte ungestört in seiner Hütte zu verbringen.

*

„Nanook! Lakota! Ab in den Wagen", sagte Eskil und öffnete die Heckklappe seines Geländewagens. Es war der Abend der ersten Beltanenacht und die Sonne war gerade untergegangen. Es war Zeit, sich nach Banff aufzumachen.

Wie immer gehorchten seine Hunde ihm aufs Wort. Er verspürte eine tiefe Verbundenheit zu ihnen, das war schon immer so gewesen. Schon früh hatte er sie als seine Begleiter ausgewählt. Seine schwedischen Wurzeln verbanden ihn tief mit der Natur und ihren Elementen. Er liebte die

Einsamkeit und die Stille. Deshalb hatte er sich auch für die Hütte in Banff entschieden. Eilig stieg er ein und machte sich auf den Weg. Er konnte es nicht erwarten anzukommen.

Knapp neunzig Minuten später erreichte er die kleine Ortschaft in den Rockys. Umgeben von einer traumhaft schönen Bergwelt lag der berühmte Wintersportort auf knapp 1400 Metern Höhe am Bow River. Eskil tankte und bevor er hineinging, schob er das hintere Seitenfenster auf, damit die Hunde frische Luft bekamen.

Als Eskil den Verkaufsraum wieder verließ, sah er gerade noch, wie Nanook und Lakota aus dem offenen Seitenfenster sprangen.

„Nanook! Lakota! Bei Fuß", schrie er.

Die Hunde ignorierten ihn und liefen über die Straße. „Nanook! Lakota! Kommt sofort her, verdammt noch mal!", schrie er wütend.

Er sah gerade noch, wie sie in einem Pub auf der anderen Straßenseite verschwanden. Was war auf einmal mit den Hunden los?

*

Savannah saß mit ihren Freundinnen im Pub ihres Onkels, als zwei ihr vertraute Vierbeiner wie geölte Blitze auf sie zuschossen, ihr auf den Schoß sprangen und übers Gesicht leckten.

„Nanook! Lakota! Wo kommt ihr denn her?",
rief sie und begrüßte die beiden eingehend, als
sie auch schon Eskil in den Raum stürmen sah.

„Hallo Eskil! Sind dir die beiden entwischt?",
fragte sie und schenkte ihm ein Lächeln.

„Savannah!", sagte er überrascht, „Was
machst du denn hier?"

„Ich habe euch doch gesagt, dass wir zum
Geburtstag meines Großvaters fahren. Er wohnt
doch in Banff, Middle Springs", sagte sie.

Unter dem Tisch war ein leises Winseln zu
hören. „Nova, komm her meine Süße! Die beiden
tun dir nichts", sagte sie und lockte ihre
sibirische Husky-Hündin unter dem Tisch
hervor.

Nanook und Lakota wedelten aufgeregt mit
den Schwänzen.

Eskil ging in die Knie und begrüßte
Savannahs Hündin ausgiebig. „Hallo Nova! Du
bist ja eine richtige Schönheit, genau wie dein
Frauchen", sagte er und lächelte Savannah zu.

Savannah spürte, wie sie rot wurde. Um über
ihre Verlegenheit hinwegzutäuschen, stellte sie
Eskil hastig ihre Freundinnen Sally und Enya
vor. „Und, hast du immer noch die Hütte
unterhalb der Hot Springs?", fragte sie ihn. Sie
wartete seine Antwort nicht ab. „Komm setz
dich", sagte sie und wies auf den leeren Stuhl

neben sich. „Vani, bringst du noch ein Bier für meinen Freund?" Bei der Bezeichnung Freund biss sie sich auf die Unterlippe.

Was ist denn nur mit mir los?, fragte sie sich. *Noch nie hat er mich so durcheinandergebracht wie heute. Vielleicht liegt es daran, dass wir heute endlich einmal allein sind,* dachte sie.

Sie beobachtete, wie er das geordete Bier entgegennahm und den anderen zuprostete, dann drehte er sich zu ihr, um mit ihr anzustoßen.

Sie nahm ihre Flasche und stieß sie gegen seine.

„Danke für das Bier", sagte er und sah sie mit einem seltsamen Blick an, den sie nicht zu deuten vermochte. „Wann ist das große Fest?"

„Die Feier ist in zwei Tagen, es werden über dreihundert Gäste erwartet. Sogar Chief Lightcrow hat seinen Besuch angekündigt."

„Richte dem Chief meine besten Grüße aus und sag ihm, dass sich Nanook hervorragend eingelebt hat. Ich habe ihn vor ein paar Monaten aus der Zucht des Chiefs erhalten. Es war eine besondere Ehre für mich."

„Das glaube ich. Der Chief vertraut seine Hunde nicht jedem an", sagte sie. „Du musst etwas ganz Besonderes für ihn sein."

Er ging nicht darauf ein. „Richte auch deinem Großvater meine besten Grüße aus", sagte er und lehrte sein Bier. „Wir müssen jetzt los, es ist bereits spät."

Damit stand er auf und stellte das leere Glas auf den Tisch.

Savannah tat es ihm gleich und umarmte ihn zum Abschied.

Er legte die Arme um sie, drückte sich fest an sie, dass es ihr fast den Atem raubte, dann ließ er sie los. Ohne sie noch einmal anzusehen, rief er nach seinen Hunden und verließ das Pub.

„Wow, Savannah, woher kennst du denn diesen Typen? Diese blauen Augen und die rote Mähne sind ja der Wahnsinn! Man könnte meinen, er wäre gerade erst einem Wikingerfilm entsprungen", sagte Sally.

„Ich kenne Eskil aus dem Moonwalker und ja, er sieht schon verdammt gut aus, aber …" Verlegen brach Savannah ab.

„Ah! Du stehst auf ihn", rief Enya. „Aber was? Hat er jemanden oder mag er keine Frauen? Nun sag schon, lass dir doch nicht jedes Wort aus der Nase ziehen!" Aufgeregt rutschte Enya auf dem Stuhl hin und her.

„Ja, ich mag ihn. Sehr sogar, aber Eskil ist sehr zurückhaltend. Was vielleicht an seinem Freund

Gabriel liegt, der ein reges Interesse an mir zeigt. Ich weiß nicht, was ich von Eskil halten soll."

„Na, so wie er dich angesehen hat, ist er definitiv an dir interessiert."

„Glaubst du wirklich? Vielleicht werde ich ihn morgen in seiner Hütte besuchen. Wir könnten eine Runde mit den Hunden gehen", sagte Savannah nachdenklich.

Ja, das war eine hervorragende Idee. Morgen Abend würde sie zu Eskil gehen.

*

Savannahs unsagbarer Duft vernebelte ihm die Sinne. Mit halsbrecherischer Geschwindigkeit raste Eskil zur Hütte, brachte seine Sachen ins Haus und versorgte die Hunde.

Aber auch als er damit fertig war, hing dieses sagenhafte Aroma noch immer in der Luft. Savannah roch wie eine Blumenwiese nach einem erfrischenden Platzregen. Noch nie war ihm dieser Duft an ihr aufgefallen. Überhaupt hatte sie sich heute ganz anders verhalten als sonst. Ihm war nicht entgangen, dass sie errötet war, als er ihr gesagt hatte, dass sie eine Schönheit wäre. Wie schön sie doch war! Ihr langes schwarzes Haar, ihre verführerischen dunklen Augen und diese unsagbar einladenden

Lippen. Am liebsten hätte er sie zum Abschied geküsst.

Was ist nur los mit mir?, fragte er sich und krallte die Finger in die Balustrade. Lag es daran, dass Gabriel heute nicht dabei war? Sonst waren sie immer zu dritt und Eskil wusste, dass Gabriel Savannah begehrte. Es hatte Gabriel schwer getroffen, als er hatte feststellen müssen, dass Savannah nicht seine Auserwählte war. Und seitdem spielte Gabriel mit ihr, so wie er mit allen Frauen spielte.

Doch Savannah heute so nah gewesen zu sein, sie in seinen Armen gehalten zu haben, hatte etwas in Eskil ausgelöst. Er begehrte sie! *Wie ihre Lippen wohl schmecken?*, fragte er sich.

„Nein! Sie gehört Gabriel", sagte er laut. Er musste den Kopf freibekommen, sich und seinen Körper herausfordern und das ging am besten, wenn er sich ein Wettrennen mit seinen Hunden lieferte.

„Nanook! Lakota! Kommt, wir machen ein kleines Rennen. Vielleicht schaffst du es mich heute einzuholen, Nanook", sagte er, woraufhin die Hunde aufsprangen und freudig an ihm hochsprangen.

Eskil sprang über die Balustrade und rannte in den nächtlichen Wald, so schnell er konnte. Seine Sinne waren geschärft. Für ihn war es kein

Problem im Dunkel der Nacht durch den Wald zu rennen. Die Hunde waren ihm dicht auf den Fersen.

Er wusste nicht, wie lange sie bereits unterwegs waren, als sie das Ufer des Bow River erreichten. Er ging in die Knie und schloss seine Hunde in die Arme. „Heute hättest du es fast geschafft Nanook. Aber nur fast, und das auch nur, weil ich abgelenkt war", sagte er und beobachtete seine Begleiter, wie sie übermütig im Wasser planschten.

Der Vollmond spiegelte sich auf magische Weise im Wasser. Gedankenverloren blickte Eskil auf die Wasseroberfläche und musste erneut an Savannah denken. Was war nur los mit ihm? Die Hunde hoben den Kopf und heulten den Mond an. Eskil tat es ihnen gleich und stieß ein Heulen aus.

Danach traten sie den Rückweg zur Hütte an. Gemächlich streiften sie durch den menschenleeren Wald. Die Morgendämmerung war nah.

Da spürte Eskil die Präsenz von mehreren Personen. Zweifelslos waren es Menschen, doch er vernahm noch etwas anderes, etwas Dunkles, Mächtiges. Er spürte die Gefahr, die in der Luft lag, und befahl den Hunden leise zu sein.

Vier Männer eilten durch den Wald und verfolgten jemanden oder besser gesagt, etwas.

Eskil konnte das dunkle Wesen spüren. Er wusste, was die Männer jagten: einen Wendigo. Eskil war noch nie einem dieser Menschenfresser begegnet. Er wusste nicht einmal, dass sich einer hier in der Gegend um Banff aufhielt. Bei seinen letzten Aufenthalten hatte er keinerlei negative Energie wahrgenommen.

Da sah er den Wendigo. Er rannte in Richtung Bow River und bot einen erschreckenden Anblick. Wie ein Mensch bewegte er sich in aufrechtem Gang fort, doch er hatte eine ledrige, schwarz verfärbte Haut über einem knochigem Skelett. Seine Hände und Füße waren zu Klauen mutiert, das riesige Gebiss zierte eine Unzahl an spitzen Zähnen. Auf dem deformierten Kopf trug er ein großes hirschähnliches Geweih.

Die Männer waren dem Wendigo dicht auf den Fersen und nur noch wenige Meter von ihm entfernt.

Eskil selbst stand weit genug entfernt in Deckung. Die Männer konnten ihn nicht wahrnehmen und doch störte ihn etwas an der Situation.

Eskil schloss die Augen und konzentrierte sich auf seine Umgebung. Die dunkle Energie ging eindeutig vom Wendigo aus. Einer der

Männer verfügte jedoch über enorme geistige Energien und diese waren auch nicht gerade von positiver Natur. Purer Hass strömte aus jeder Pore des Mannes.

Gerade noch wurde Eskil sich der Gefahr bewusst, in der er sich befand. Er rannte los, weg von den Männern, als sich plötzlich ein gleißend helles Licht durch die Bäume ergoss. Eine mächtige Druckwelle erfasste ihn und riss ihn von den Füßen.

Stöhnend kam Eskil zu sich. Er lag auf dem Waldboden, sein Körper brannte und er fühlte sich, als ob er von innen her zerrissen worden war.

Nanook und Lakota bellten, gerade so, als wollten sie ihn anhalten aufzustehen und um sein Leben zu laufen.

Und das tat er, trotz der unsagbaren Schmerzen, die er verspürte, rannte er weiter, in Richtung seiner Hütte. Er mobilisierte seine letzten Reserven, erreichte die Hütte, riss die Tür auf und brach drinnen bewusstlos zusammen.

*

Erschöpft stieg Savannah am Morgen aus dem Bett. Ihr Schlaf war unruhig gewesen. Sie hatte von Eskil geträumt. Aber irgendetwas hatte nicht gestimmt. Sie verspürte ein ungutes Gefühl in ihrer Magengegend.

Sie zog sich ihren Morgenmantel über und ging nach unten in die Küche, um bei einer Tasse Kaffee den Kopf freizubekommen.

„Guten Morgen Mum, ist noch Kaffee da?", fragte sie und gab ihrer Mutter einen Kuss auf die Wange.

„Ja, mein Schatz", sagte die und küsste sie auf die Stirn. „Was ist mit dir? Ist alles in Ordnung?"

„Ach Mum, ich vergesse immer, dass du auch die Fähigkeit des zweiten Gesichtes besitzt", sagte sie und goss sich Kaffee ein. „Es ist Eskil, Mum. Er ist in Banff und ich habe ihn gestern getroffen. Eskil war so anders. Er hat mich mit einem Blick angesehen, der mir durch und durch ging. Ich habe dir doch von seinem wahren Wesen erzählt, dass er ein Vampir ist, aber im Grunde nicht böse. Mancher Mensch hat eine Dunklere Aura als er. Wusstest du, dass er seinen Hund Nanook von Chief Lightcrow bekommen hat?"

„Was? Nein, das wusste ich nicht. Ich kann mir nicht vorstellen, dass der Chief seine wahre Natur nicht kennt. Er weiß bestimmt, dass er ein Vampir ist und wenn er ihm so vertraut, spricht das sehr für Eskil."

„Irgendetwas stimmt nicht. Ich habe so ein ungutes Gefühl in der Magengegend. Ich werde heute Abend zu ihm gehen, um zu sehen, ob alles in Ordnung ist", sagte Savannah.

Da kam Nova in die Küche getrottet. „Guten Morgen meine Süße. Du hast sicher Hunger, was möchtest du denn?", fragte sie und blickte ihre Hündin an.

Truthahn.

„Aha, die Dame ist heute anspruchsvoll", sagte sie lachend und bereitete den Napf vor.

„Woher hast du das nur?", sagte ihre Mutter, während sie in der Küche herumwerkelte. „Du bist die Einzige in unserer Familie, die mit Tieren sprechen kann. Als ob es nicht reichen würde, die wahre Natur aller Wesen sehen zu können."

Dann küsste sie Savannah abermals auf die Stirn. „Ach ja, und begleitest du nachher bitte Grace zum Einkaufen? Ihr müsst auch noch die Tischdekoration abholen und anschließend zu eurem Großvater und ihm bei der Gästeliste helfen."

*

Nach einem regelrechten Einkaufsmarathon kamen Savannah und ihre Schwester Grace am späten Nachmittag bei ihrem Großvater an. Sie saßen gerade bei einer Tasse Kaffee zusammen und besprachen die Gästeliste, als es an der Tür klopfte.

Grace öffnete und kam aufgeregt ins Wohnzimmer zurück. „Großvater, du hast Besuch. Chief Lightcrow wünscht dich zu sprechen", stieß sie aufgeregt hervor, da betraten der Chief und ein weiterer Mann schon den Raum.

Ihr Großvater erhob sich, begrüßte Chief Lightcrow innig und bat sie und Grace, den Raum zu verlassen.

„Zachary Halfmoon, mein Freund", sagte Chief Lightcrow. „Es freut mich, dich bei so guter Gesundheit zu sehen. Savannah, du bleibst bitte bei uns. Setzt euch bitte, wir haben viel zu besprechen", fügte er hinzu.

Überrascht nahm Savannah Platz und blickte zwischen den Männern hin und her.

Ihr Blick fiel auf den Dritten, ihr unbekannten Mann. Savannah schätze ihn auf Mitte vierzig. Er hatte schulterlanges schwarzes Haar und dunkle kalte Augen. Das gleiche ungute Gefühl wie sie es bereits am Morgen hatte, breitet sich in ihrer Magengegend aus. Er besaß eine überaus mächtige, aber keinesfalls reine Aura. Sie war durchtränkt von Hass und Rachegefühlen.

Augenblicklich fröstelte sie und sie rieb sich die Oberarme.

„Darf ich euch Akai vorstellen?", sagte der Chief. „Er ist Schamane und hat sich der Aufgabe verschrieben, Dämonen, Geister und Monster zu jagen und sie zu eliminieren. Seit Wochen folgt er einem Monster, einem sogenannten Baykok, der bereits eine blutige Spur durch die Staaten gezogen hat und nun in Alberta sein Unwesen treibt."

Der Chief wandte sich nun direkt an Savannah: „Alles, was du jetzt hörst, muss unbedingt unter uns bleiben."

„Aber natürlich, Chief Lightcrow", sagte sie verwirrt. Sie fragte sich, was er mit ihr zu besprechen hatte.

„Savannah, schon bei deiner Geburt wusste ich, dass du etwas ganz Besonderes bist. Du besitzt nicht nur das zweite Gesicht, nein, auch die Fähigkeit, mit Tieren zu kommunizieren. Diese Fähigkeit zeichnet dich als einen besonderen Menschen aus, als einen der Menschen, die man die Auserwählten nennt."

„Die Auserwählten?", fragte sie und verstummte abrupt, da sie ihn unterbrochen hatte.

„Jeder Auserwählte besitzt eine andere übernatürliche Gabe, die meisten gebrauchen ihre Gabe, um den für sie bestimmten Gefährten zu finden. Savannah, du weißt was Eskil ist, oder?", fragte der Chief und sah sie fragend an.

„Eskil ... ja, ich weiß, was er ist. Er ist ein Vampir", fügte sie hinzu.

„Genau, er ist ein Vampir. Genauso wie Gabriel. Lass mich etwas ausholen, damit du die Zusammenhänge verstehst. In Alberta lebt eine Gemeinschaft von gut einem Dutzend Vampiren. Sie alle unterstehen dem Magistrat Samuel Nightingale, der über dieses Gebiet wacht. Es ist seine Aufgabe, für Recht und Ordnung zu sorgen. Seit Jahrzehnten leben wir in Koexistenz und unterstützen uns gegenseitig."

Akai verzog das Gesicht. Eine Welle des Hasses, die den Vampiren galt, ging von ihm aus. Akai verspürte Abscheu für sie und hatte eindeutig nichts für Chief Lightcrows Koexistenz übrig.

Der redete derweil weiter, ob er Akais Wut nicht bemerkt hatte oder sie nur ignorierte, konnte Savannah nicht sagen. „Seit einiger Zeit gibt es Opfer von sogenannten Tierangriffen. Diese Angriffe sind dem Baykok zuzuschreiben, den Akai vernichten will. Samuel hat mich heute jedoch über eine viel beunruhigendere Tatsache informiert. Er konnte dem letzten Angriff in

Calgary beiwohnen und wie sich herausstellte, ist eine Vampirin für diese Angriffe verantwortlich. Sie kontrolliert den Baykok für ihre Zwecke. Was sie damit bezweckt, gilt es noch herauszufinden", sagte der Chief und wandte sich dann an Akai. „Die Vampire kümmern sich um die Blutsaugerin und wir uns um den Baykoks."

„Natürlich Chief! Ich habe verstanden", erwiderte Akai mit unbewegter Miene.

Savannah schenkte Akais Worten jedoch keinen Glauben. Er verströmte einen Hass, der ohnegleichen war.

„Was hat das nun alles mit den Auserwählten zu tun?", fuhr der Chief fort. Nun, jeder Vampir hat eine Auserwählte. Er kann sie allerdings nur an wenigen Tagen im Jahr erkennen und zu Seinesgleichen machen. Nur an den vier Mondfesten ist es ihm möglich, seine Auserwählte an ihrem Blut zu erkennen und zu wandeln."

Geistesabwesend griff Savannah sich an den Hals. „Gabriel hat mich letztes Halloween gebissen. Ist er mein …?", fragte sie verwirrt.

„Nein, Gabriel ist nicht dein Gefährte", sagte der Chief. „Sonst wärst du bereits seit Monaten ein Vampir. Eskil ist dein Gefährte, er weiß es nur noch nicht. Als Nordmann besitze er eine tiefe Verbundenheit zu Mutter Erde und auch eine besondere Gabe mit Tieren umzugehen."

„Deshalb hast du ihm Nanook gegeben", sagte sie und dachte daran, wie viel Eskil seine Hunde bedeuteten.

„Das kann doch alles nicht wahr sein", sagte Akai mit einem Mal und sprang auf. „Wir sollten diese gottverdammten Blutsauger allesamt vernichten. Sie sind für den Tod meiner Familie verantwortlich. Wir sollten sie jagen und ausradieren. Genauso wie ich es gestern Nacht getan habe. Der Wendigo war nicht allein im Wald. Dieser gottverdammte Blutsauger und seine Mistköter waren ganz in der Nähe und wenn der Sonnenstein ihn nicht vernichtet hat, hat es die aufgehende Sonne getan!", sagte Akai und grinste Savannah hämisch an.

Der Chief sprang auf. „Was hast du getan, Akai? Ich hatte dir die Jagd auf etwas anderes als den Baykok untersagt. Du hast dich meinem direkten Befehl widersetzt. Das wird Konsequenzen haben. Du stehst ab sofort unter Arrest."

Akais Worte hatten Savannah einen Stich ins Herz versetzt. „Eskil, nein!", schrie sie und sprang auf. „Schamane hin oder her. Du bist ein abgrundtief böser Mensch. Deine Aura ist unrein, sie ist verdorben von Hass und

Rachegelüsten", schrie Savannah Akai entgegen, dann rannte sie aus dem Zimmer, um Eskil zu retten.

*

Wie von Sinnen rannte Savannah hinauf zu Eskils Hütte. Es dämmerte bereits. Der Weg führte sie über einen kleinen Pfad und mehrere steile Hänge ohne Umwege direkt zu der abgelegenen Hütte.

Ihre Lungen schmerzten, doch sie konnte nicht anhalten. Sie durfte nicht zu spät kommen. Savannah betete darum, ihn unversehrt vorzufinden. Er durfte nicht tot sein, nicht jetzt, wo sie wusste, warum sie so für ihn empfand. Sie liebte ihn, sie hatte ihn schon immer geliebt.

Die Hütte kam in Sichtweite. Außer Atem erreichte sie die Tür, stieß sie auf und konnte im Dunkeln die Umrisse einer Person auf dem Boden erkennen. Sie suchte den Lichtschalter, fand ihn, knipste das Licht an und schloss die Tür hinter sich.

Nanook und Lakota lagen winselnd neben Eskil.

„Oh Gott, Eskil!", schrie sie und kniete sich neben ihn. Mit einiger Mühe gelang es ihr, ihn umzudrehen und auf ihren Schoß zu ziehen. Lebte er? Sie wusste es nicht.

„Was soll ich nur tun?", fragte sie sich und sah Nanook verzweifelt an.

Er braucht dein Blut.

„Mein Blut? Aber wie?" Nanook kam zu ihr herüber.

Deinen linken Arm, reich ihn mir.

Sie hielt Nanook ihr Handgelenk hin. Augenblicklich biss er zu und hinterließ eine tiefe Wunde, aus der sofort ihr Blut quoll. Savannah biss vor Schmerz die Zähne zusammen.

Und jetzt füttere ihn

„Ihn füttern?", fragte sie und starrte auf ihr Handgelenk. Langsam hielt sie die Wunde an Eskils Lippen. „Eskil, trink! Du musst trinken!"

Ein paar Tropfen Blut fielen auf seine Lippen, da öffnete er den Mund, und begann von ihr zu trinken.

Ein wohliger Schauer durchfuhr Savannah.

Eskil griff nach ihrem Handgelenk und saugte immer fester. Schließlich umklammerte er es mit festem Griff.

„Eskil, du tust mir weh!", rief Savannah. Plötzlich ließ er von ihr ab, öffnete die Augen und sah sie an.

„Savannah, ich brauche dich", sagte er mit heiserer Stimme.

Ehe sie reagieren konnte, war er über ihr, drückte sie zu Boden und schlug ihr die Zähne in den Hals.

Von Schmerzen und Emotionen überwältigt, klammerte sie sich an ihn. Ihr schwanden langsam die Sinne, gleichzeitig fühlte sie eine Verbundenheit zu ihm wie nie zuvor. „Eskil … ich liebe dich", flüsterte sie.

Wie durch einen Schleier beobachte sie, wie die Hunde Eskil von ihr wegzogen, dann verlor sie das Bewusstsein.

*

Eskil kam langsam zu sich. Dem Geruch nach war er in seiner Hütte, aber irgendetwas stimmte nicht. Er war am Verhungern, zumindest fühlte sich das nagende Gefühl in seinem Inneren so an. „Trink, mein Freund!", hörte er Gabriels vertraute Stimme. „Was ist nur passiert, Eskil? Wieso hast du Savannah gebissen?"

Ich liebe dich, hallte es durch seine vernebelten Gedanken. *Eskil … ich liebe dich.* Er erinnerte sich deutlich an ihre Worte. Und dann fiel ihm ein, dass er über sie hergefallen war.

„Savannah!", schrie er und setzte sich abrupt auf, wobei ihm augenblicklich schwarz vor Augen wurde.

„Langsam, mein Freund. Savannah geht es gut. Sie ist schwach, aber sie schafft es."

„Wo ist sie Gabriel?"

„Sie schläft nebenan. Was zum Teufel ist hier eigentlich passiert?"

Ohne Gabriel zu antworten, sprang Eskil auf und lief ins Schlafzimmer. Savannah lag in seinem Bett und schlief. Neben ihr saß eine unbekannte Frau.

„Es geht deiner Freundin besser. Sie schläft jetzt", sagte sie und stand auf, um ihm Platz zu machen.

Eskil setzte sich neben Savannah und strich ihr zärtlich übers Gesicht. „Mein Gott, was habe ich dir nur angetan?"

„Das möchte ich auch gerne wissen", sagte Gabriel und legte die Arme von hinten um die fremde Frau.

Verblüfft beobachtete Eskil die seltsam intime Geste. „Gabriel? Wer ist die junge Dame?"

„Darf ich dir Mystique vorstellen? Meine Auserwählte."

„Deine was? Du verscheißerst mich."

„Nein, keinesfalls mein Freund. Ich habe sie gestern auf dem Beltane Fire getroffen. Ich war sofort von ihr verzaubert und so kam es, wie es kommen musste, und wir sind die Blutsverbindung eingegangen", sagte Gabriel und küsste seine Auserwählte.

„Na dann, die besten Wünsche für euch beiden. Herzlich willkommen Mystique", sagte Eskil und blickte dann wieder zu Savannah. Er strich ihr eine Strähne aus dem Gesicht und erneut hallten ihre Worte durch seine Gedanken.

Eskil … ich liebe dich.

Ihr Blut wütete in seinen Adern wie das wilde Tosen der Brandung.

„Ich habe Savannah gestern in Banff getroffen. Irgendetwas war anders. Sie war anders. Ich konnte keinen klaren Gedanken mehr fassen. Ich konnte nur noch an sie denken. Um den Kopf freizubekommen, bin ich mit den Hunden in die Wälder. Gabriel", sagte Eskil und wurde ernst. „Wir sind in den Wäldern auf Jäger gestoßen. Sie haben einen Wendigo verfolgt und vernichtet. Ich weiß nicht, wie sie es gemacht haben, aber ein Licht heller als die Sonne durchflutete den Wald. Es hat mich regelrecht von den Füßen gerissen und von innen her verbrannt. Noch nie habe ich solche Schmerzen verspürt. Ich konnte mich gerade noch in die Hütte retten."

„Wie die Jäger, auf die wir im Park gestoßen sind", sagte Mystique. „Könnten das dieselben gewesen sein?"

„Schon möglich", sagte Gabriel, „Wir sind ihnen nach Mitternacht begegnet. Und du?"

„Kurz vor Sonnenaufgang", sagte Eskil.

„Und was ist mit Savannah? Wieso war sie hier?", fragte Gabriel.

„Ich kann mich nicht an viel erinnern. Auf einmal war sie hier und hat mich an ihrem Handgelenk genährt. Die geringe Menge ihres Blutes war jedoch nicht genug. Dieses Feuer, nur ihr Blut konnte dieses Inferno besänftigen."

Ich liebe dich, hallte es erneut durch seine Erinnerungen.

„Beinahe hätte ich sie getötet", sagte Eskil und strich ihr erneut über die Wange. „Gabriel, ihr Blut wütet in mir, wie ich es noch nie erlebt habe. Sie hat gesagt, dass sie mich liebt. Könnte es sein, dass sie meine ..."

Die Hunde gaben Laut. Eskil sprang auf und beide Männer liefen ins Wohnzimmer.

Dort stand Chief Lightcrow und tätschelte Nanook den Kopf.

„Chief Lightcrow!", sagte Eskil und Gabriel wie aus der Pistole geschossen.

„Ja, Eskil, es könnte nicht nur sein, dass sie deine Auserwählte ist. Savannah ist deine

103

Auserwählte und wie ich sehe, hast du den ersten Schritt bereits getan."

„Es tut mir leid, Chief. Du musst mir glauben, ich war nicht Herr meiner Sinne, als ich sie gebissen habe."

„Das tut nichts zur Sache. Ihr seid füreinander bestimmt. Du musst dein Schicksal endlich annehmen und den Schmerz hinter dir lassen, Eskil. Wir haben gerade jedoch ein weitaus größeres Problem als dein Privatleben. Akai, der Jäger, der den Baykok verfolgt hat, ist aus dem Arrest geflohen. Er hegt einen großen Hass auf übernatürlichen Wesen, vor allem aber auf Vampire. Er jagt sie und vernichtet sie. Ihr seid hier nicht sicher. Und dann gibt es da noch ein Problem mit einem Baykok und einer Vampirin, aber davon berichte ich euch, wenn ihr in Sicherheit seid."

*

Keine Stunde später saßen Eskil und die anderen im Wohnzimmer von Savannahs Großvater und lauschten den Erläuterungen von Chief Lightcrow.

„Nachdem Savannah hinausgerannt war, wollte ich Akai zur Rede stellen. Doch durch eine List überwältigte er mich und ergriff die Flucht.

Ich habe mich inzwischen mit anderen Ältesten und mit Samuel Nightingale kurzgeschlossen. Akai ist auf einem Rachefeldzug, da seine Familie von einem Vampir getötet wurde. Jetzt gerade ist er hinter einem Baykok her, der von einer Vampirin kontrolliert wird. Ihre Absichten liegen noch im dunklen, aber Samuel hofft in den nächsten Stunden neue Informationen zu bekommen."

„Weiß man, wo der Jäger sich aufhält?", fragte Eskil.

„Sein aktueller Aufenthaltsort ist nicht bekannt. Er wird aber nicht weit kommen. Sobald er irgendwo auftaucht, wird er festgesetzt und ich werde informiert."

„Er ist sehr gefährlich. Was ist das für eine Art von Magie, über die er verfügt?", fragte Gabriel. „Noch nie habe ich eine derartige Magie gesehen. Sie könnte uns alle in einem einzigen Augenblick vernichten."

„Es könnte sich um einen Sonnenzauber handeln. Durch ihn ist er in der Lage die Energie der Sonne zu bündeln, zu kanalisieren und sie dann freizusetzen.

Ernst sah der Chief sie alle an. „Solange wir nicht wissen, wo er sich aufhält, werdet ihr hier im Haus bleiben. Ich habe bereits Männer zu eurem Schutz abgestellt. Sollte es Probleme geben, kümmern wir uns um Akai. Ihr werdet euch um den Baykok kümmern, wenn es so weit ist. Bis wir Neuigkeiten von Samuel erhalten, sollten wir uns alle etwas ausruhen. Zachary Halfmoon hat euch Zimmer vorbereitet."

„Eskil, auf ein Wort", hielt der Chief ihn zurück und wartete, bis die anderen das Zimmer verlassen hatten. „Ich weiß, dass dich der Tod deiner Eltern quält, und dass du dir geschworen hast, nie eine Frau an dich zu binden. Du musst diesen Schmerz jedoch hinter dir lassen und auf deine Gefühle hören. Du musst Savannah und ihrer Liebe zu dir vertrauen. Ich brauche dich nicht zu fragen, ob du sie liebst, auch wenn du es dir jetzt noch nicht eingestehst, du liebst sie. Du kannst gar nicht anders, sie ist deine Auserwählte", sagte der Chief und klopfte ihm auf die Schulter. „Geh zu ihr."

Eskil blieb vor der Tür stehen, hinter der Savannah schlief und lauschte. Keine Geräusche drangen nach draußen. Er legte die Hand an die Klinke und zögerte. Sollte er auf dem Absatz kehrt machen? Sollte er hinaus in die Nacht rennen und so viel Abstand wie nur möglich zwischen sich und Savannah bringen?

Er bezweifelte, dass ihm das jetzt noch möglich war. Er spürte ihren Herzschlag in seinen Adern. Ihr Blut hatte bereits Besitz von ihm ergriffen. Mit dem ersten Schluck, der seine Kehle hinabgeronnen war, hatte sie ihn für sich beansprucht, und jetzt war sie dabei, sein Herz zu erobern. Sie hatte ihn genährt, ihm wahrscheinlich sogar das Leben gerettet. Wie konnte er sie nicht lieben?

Er erinnerte sich an die Abende im Moonwalker, wenn Gabriel immer wieder versucht hatte, sie zu verführen. Er erinnerte sich an die schlechte Laune, die ihn dann überkommen hatte. Eskil musste sich eingestehen, dass das seine Eifersucht gewesen war. Wahrscheinlich hatte sie sein Herz schon vor langer Zeit erobert. Er war tatsächlich eifersüchtig gewesen und das konnte nur eines bedeuten, er liebte die Frau, die auf der anderen Seite dieser Tür schlief.

Langsam drückte er die Klinke herunter und betrat den Raum.

Eine Frau saß auf Savannahs Bett. Es musste ihre Mutter sein.

„Verzeihung, ich wollte sie nicht stören. Ich wollte nur sehen, wie es Savannah geht", sagte Eskil.

„Du musst Eskil sein", sagte sie und bedeutete ihm näherzukommen.

„Wie geht es ihr?", fragte er.

Sie hielt Savannahs Hand und strich ihr übers Haar. „Den Umständen entsprechend."

„Es tut mir leid, das musst du mir glauben. Ich wollte ihr nicht weh tun. Ich werde mir nie verzeihen, dass ich sie angefallen und fast getötet hätte."

„Mach dir keine Sorgen, Eskil. Es war Savannahs eigene Entscheidung, zu dir zu gehen und dich zu retten. Sie wusste ja, was du bist. Sie liebt dich, das hat sie mir immer wieder gesagt."

„Wie kann sie mich lieben? Ich bin ein Monster. Sie ist die Schöne und ich bin das Biest", sagte er.

„Sei nicht so hart zu dir. Sie liebt dich, weil sie das Gute in dir sieht. Savannah hat die einzigartige Gabe, das Böse in allen Wesen zu erkennen. Sie würde dich nicht lieben, wenn du böse wärst. Ja, du bist ein Vampir, aber dafür kannst du nichts. Schließlich nährst du dich nur an Menschen und tötest sie nicht. Jedes Wesen hat seinen Platz in dieser Welt und deiner ist an Savannahs Seite."

Sie stand auf und ging zur Tür. „Ich werde dafür sorgen, dass euch niemand stört", sagte sie und warf ihm einen wissenden Blick zu. Dann verließ sie das Zimmer und schloss die Tür hinter sich.

Eskil trat zu Savannah und nahm Platz. Wie ein schlafender Engel lag sie vor ihm. Wie schön sie doch war. Wieder roch er ihren lieblichen Duft, der augenblicklich seine Sinne vernebelte.

Sein Blick glitt zu ihren vollen Lippen. In ihm erwachte der Drang, sie zu küssen. Er senkte den Kopf und berührte ihren Mund mit einem zärtlichen Kuss. Wie seidig weich sich ihre Lippen doch anfühlten.

Plötzlich bewegte sie sich unter ihm und erwiderte seinen Kuss. Er löste sich von ihr und blickte sie an.

„Eskil, ich bin so froh, dass es dir gut geht", sagte sie und lächelte ihn an. „Ich dachte schon, ich hätte dich verloren." Sie sah an ihm vorbei zum Fenster. „Ich muss dir etwas sagen. Ich liebe dich. Ich war vom ersten Tag an in dich verliebt, und das, obwohl ich wusste, dass du ein Vampir bist. Chief Lightcrow hat mir alles über die Auserwählten erzählt und mir gesagt, dass ich deine Auserwählte bin, und ich musste dir endlich sagen, was ich für dich empfinde", sagte sie und blickte ihn mit Tränen in den Augen an.

„Savannah", brachte er nur heraus. „Dich heute Abend fast zu verlieren, hat mir die Augen geöffnet. Es gibt nur eines, was ich tun kann und auch tun muss", sagte er, beugte sich nach vorne und begann ihren Hals mit Küssen zu überziehen.

Er war ihr ganz und gar verfallen, er konnte nicht anders, er musste sie an sich binden. Seine Fänge waren ausgefahren und drängten ihn, sie in ihr zartes Fleisch zu schlagen. Ihr Blut drängte ihn, sie an sich zu binden und sie bis in alle Ewigkeit zu lieben. „Savannah, wenn du auch nur den kleinsten Zweifel hegst, solltest du aufstehen und gehen. Bleibst du, gibt es kein Zurück mehr", sagte er. „Wie entscheidest du dich? Bleibst du bei mir?"

Savannah ersparte sich die Antwort, zog ihr Shirt aus, warf es auf den Boden und verfuhr in gleicher Weise mit ihrem Slip. Sie griff nach seinem Pullover und zog ihn über seinen Kopf. Hastig versuchte sie seine Gürtelschnalle zu öffnen, doch sie war zu aufgeregt und zitterte zu sehr. Eskil stand auf, öffnete sie und entledigte sich seiner Kleidung.

Savannah ließ ihren Blick über seinen Körper wandern. Sie kniete auf dem Bettrand und blickte ihn voller Verlangen an. Sie leckte sich über ihre Lippen und ehe er sich versah, umschloss sie seine Eichel mit ihren Lippen. Savannah saugte an ihm und ließ ihn immer wieder tief in ihren Rachen gleiten.

Eskil stöhnte auf und warf den Kopf in den Nacken. Dann ließ sie ihre Zunge über seine Eichel gleiten und fuhr die Länge seines Schaftes nach. Sie legte die Hand um seine pralle Erektion und begann ihn regelrecht zu melken, während sie immer wieder an seiner Eichel saugte.

Er griff in ihr Haar und stieg in ihren Rhythmus ein. „Savannah, was machst du mit mir? Oh ja! Mach das nochmal!"

Seine Empfindungen übermannten ihn. Natürlich hatte er schon Oralsex gehabt, aber sein einziges Verlangen war das nährende Blut in den Adern seiner Blutwirtinnen gewesen. Was Savannah allerdings mit ihm machte, brachte ihn fast um den Verstand. Sie hatte ihn ganz und gar in der Hand. Er hatte die Kontrolle an sie abgegeben.

Plötzlich ließ sie ihre Zähne über seine Eichel gleiten. Mit leichten Bissen neckte sie ihn. Anscheinend wusste sie genau, wie sie ihn in den Wahnsinn treiben konnte. Ihre Bisse wurden fester. Abwechselnd saugte sie an ihm oder biss ihn.

Allmählich breitete sich ein pulsierendes Beben in seinem Unterleib aus, das sich nach und nach steigerte und dann wie eine Welle über ihn hereinbrach.

Er kam direkt in ihrem Mund.

„Oh Gott Savannah!", stöhnte er. „Noch nie hatte ich solch einen Orgasmus."

Er sah zu ihr herunter. Sie fuhr genüsslich mit der Zunge über seine Eichel und leckte die Reste seines Ejakulats weg. Dann richtete sie sich auf, legte die Arme um seinen Hals und zog ihn aufs Bett.

„Oh Eskil, du schmeckst so gut. Weißt du, wie lange ich mir schon gewünscht habe, dich so zu verwöhnen? Oder wie sehr ich mir wünsche, zu fühlen, wie du in mich eindringst, oder wie du deine Zähne in meinen Hals schlägst, um von mir zu trinken. Ich liebe dich, Eskil. Schon im ersten Augenblick, als ich dich gesehen habe, habe ich mich in dich verliebt. Eskil bitte, beiß mich. Ich will sehen, wie deine Zähne mein Fleisch durchbrechen, und ich will fühlen, wie du von mir trinkst."

Ihr Geständnis überwältigte ihn. Die Frau in seine Armen liebte ihn aufrichtig. Sie war seine Auserwählte. Der Chief hatte recht gehabt. Er liebte Savannah ebenfalls. Wahrscheinlich auch schon seit ihrer ersten Begegnung, er hatte sich das nur bisher nie eingestanden. Voller Verlangen blickte sie ihn an und er wusste genau, was sie wollte.

Er schloss seine Lippen um ihre Brustwarze und begann daran zu saugen. Immer wieder sog er sie in seinen Mund und neckte die kleine Knospe mit seiner Zunge. Sie schmeckte so köstlich. Er wollte sich bei ihr revanchieren und nun seinerseits ihre Wünsche erfüllen.

Savannah stöhnte und drückte den Rücken durch, geradeso, als wollte sie ihre Brust näher an seine Lippen bringen.

Er ließ seine Hand über ihren Körper nach unten zu ihrer Mitte gleiten. Er fand das kleine Dreieck und glitt zwischen ihre Beine. Sie war feucht und heiß. Als er mit seinen Fingern in sie eindrang, stöhnte sie heftig auf. Dann begann er, ihre pralle Knospe mit seinen Zähnen zu necken. Er biss sie erst zärtlich, dann immer fester.

Savannahs Atem beschleunigte sich.

Dann legte er die Zähne auf die zarte Haut ihrer Brust und ließ die Spitzen seiner Fänge über ihre Haut gleiten.

„Oh ja, Eskil. Bitte, beiß mich!", sagte sie und blickte ihn sehnsüchtig an.

Er sah ihr ein letztes Mal in die Augen und stieß dann die Fänge in ihr Fleisch.

Sie stieß einen kurzen Schrei aus, beobachtete jedoch gebannt, wie er von ihr trank.

Der erste Schluck ihres Blutes versetzte ihn sofort in Erregung. Ihr Blut wütete wie ein Gewittersturm in seinen Adern. Er löste die Lippen von ihrer Brust, strich mit der Zunge darüber und glitt mit den Fingern aus ihrer Mitte. Dann kroch er zwischen ihre Beine und brachte sich in Position. Langsam ließ er seine Eichel über ihre feuchte Mitte gleiten.

Savannah blickte ihn voller Verlangen an. Ein leises Seufzen kam über ihre Lippen. „Schlaf mit mir!"

Abermals ließ er seine Eichel über ihre Mitte gleiten. Den Blick fest auf Savannah gerichtet drang er langsam in sie ein. Ganz langsam. Immer tiefer glitt er in sie. Sie war warm, feucht und so eng. Er füllte sie ganz und gar aus. Gerade so, als wäre sie nur für ihn geformt worden.

Plötzlich stiegen ihr Tränen in die Augen.

Augenblicklich verharrte er. „Was ist? Habe ich dir weh getan?", fragte er besorgt.

„Nein, Eskil, du hast mir nicht weh getan. Du machst mich so glücklich, dass mir die Tränen kommen. Ich kann es immer noch nicht glauben. Du fühlst dich so gut an", sagte sie, legte die Arme um seinen Hals und zog ihn für einen Kuss an ihre Lippen.

Er bewegte sich ganz langsam in ihr. Ihre Körper verschmolzen zu einer Einheit. Immer schneller wurden seine Bewegungen, Savannah fand den gleichen Rhythmus und gab sich ihm ganz und gar hin. Als Eskil spürte, dass sich sein

Orgasmus abermals aufbaute, verlangsamte er den Rhythmus. Er hob sein Handgelenk an die Lippen und biss hinein.

„Du hast mich genährt und somit mein Leben gerettet. Durch dein Blut hast du eine untrennbare Verbindung zwischen uns hergestellt. Du bist meine Auserwählte. Trinke nun von mir, und werde eins mit mir, meine Liebste", sagte Eskil und legte sein Handgelenk an Savannahs Lippen.

Als sie die Lippen an die Wunde legte und zu saugen begann, war das mehr, als er ertragen konnte. Mit immer festeren Stößen trieb er sich dem Höhepunkt entgegen. Auch Savannah wurde von seiner Leidenschaft mitgerissen und kam im selben Moment wie er. Während sie zitternd und stöhnend unter ihm lag, schlug er die Zähne in ihren Hals und band sie für alle Ewigkeit an sich.

*

Samuel

Nachdem Gabriel und Mystique nach Banff aufgebrochen waren, hatte Samuel Chief Lightcrow kontaktiert, um ihn auf den aktuellen Stand zu bringen. Nun war er auf dem Weg zu Seraphine, um sie wegen der Vampirin um Rat zu bitten. Ihr letztes Treffen lag über ein Jahr zurück und er freute sich auf das Wiedersehen.

Seine gut gesicherte Villa lag dreißig Minuten Nord-westlich von Calgary. Er würde Seraphine in ihrem Zelt auf dem Stampede Park Gelände treffen.

Mehr denn je benötigte er Seraphines weisen Rat. In den letzten zwanzig Jahren war sie ihm stets mit Rat und Tat zur Seite gestanden. Ihre Fähigkeiten waren herausragend und lagen ihr im wahrsten Sinne des Wortes im Blut.

Bereits bei ihrem ersten Aufeinandertreffen, war Samuel die enorme Anziehungskraft aufgefallen, die zwischen beiden herrschte. Es war wie auch heute in einer Beltanenacht gewesen und er hatte in ihr sofort seine

Auserwählte erkannt. Bereits damals hatte er die Blutsverbindung mit ihr eingehen wollen, doch Seraphine hatte ihn abgewiesen. Nicht weil er ein Vampir war, nein, sie empfand wirklich etwas für ihn. Doch sie konnte ihr bisheriges Leben nicht einfach so aufgeben und hinter sich lassen. Sie musste ihrer Bestimmung folgen und die war, Menschen mit ihrer übernatürlichen Gabe zu helfen.

Eines Tages wird unsere Zeit kommen, aber nicht heute, hatte sie damals zu ihm gesagt.

Seit jenem Tag vermied er es, Seraphine zu einem der Mondfeste zu besuchen. Zu groß wäre die Versuchung gewesen. Er liebte und respektierte sie, deshalb würde nur sie allein den Zeitpunkt wählen, an dem sie bereit war, sich ihm hinzugeben.

Doch nun benötigte er ihre Hilfe. Er musste mehr über die fremde Vampirin erfahren.

Wie immer hatte er sich für einen dunkelgrauen Dreiteiler mit bordeauxfarbener Weste entschieden und dazu einen knielangen grauen Mantel. Sein schwarzes Haar war wie stets schulterlang und in einem Samurai-Knoten am Hinterkopf zusammengebunden, dazu trug er einen geflochtenen French Fork.

Kurzerhand schnappte er sich die Halterung für sein Kurzschwert, legte sie um seine Hüfte und zog den Mantel darüber. Dann fuhr er mit dem Aufzug in die Tiefgarage, stieg in seinen nagelneuen Aston Martin Vantage und machte sich auf den Weg zu Seraphine.

*

Je näher er Seraphines Zelt kam, umso intensiver wurde der Duft ihres verlockenden Blutes. Es hüllte ihn ein wie eine unsichtbare Wolke. Es zog ihn an, wie eine Motte das Licht. Er wusste, es würde ihn einiges an Selbstbeherrschung kosten, ihr heute Nacht so nahe zu sein.

An ihrem Zelt angekommen, warf er einen Blick durch die offenstehende Plane. Sie saß an einem Tisch und schien die Karten zu befragen.

Fasziniert beobachtete er sie. *Wie schön sie doch ist,* dachte er. *Sie wird mit jedem Jahr schöner.* Seraphine war jetzt Anfang vierzig, doch das Alter hatte ihrer Schönheit keinen Abbruch getan. Ihre Erscheinung glich der einer Elfe. Feuerrotes Haar legte sich wie ein breiter Schleier über ihre Schultern. Ihre Lippen waren sinnlich und lockten ihn mit einem unausgesprochenen Verlangen. Ein Blick in ihre hellgrünen Augen ließ ihn vor Erregung erschaudern. Seraphines Bluse legte sich verführerisch über ihre vollen Brüste, zwischen denen wie immer ihr knapp acht Zentimeter großer Anhänger, in Form eines Ritualdolchs hing.

Seraphine schien seine Anwesenheit zu spüren, denn sie hob den Kopf, sah ihn und schenkte ihm ein umwerfendes Lächeln.

„Samuel! Komm herein." Sie erhob sich und begrüßte ihn mit einer innigen Umarmung. Tief sog sie die Luft ein. „Hmm … dich umgibt immer dieser unvergleichliche Pfeifenduft. Dieser Geruch nach Vanille mit der herben Note von Leder, ich liebe es. Ich habe dich vermisst und freue mich dich wiederzusehen."

„Die Freude ist ganz meinerseits, du hast mir auch gefehlt", sagte er und gab ihr einen flüchtigen Kuss. Er wusste, er hätte es nicht tun sollen, doch der Drang, sie zu küssen, war zu groß gewesen. Augenblicklich erwachte die Leidenschaft in ihm, die ihn von innen heraus regelrecht zu verzehren schien.

Seraphine in seinen Armen zu halten und zu küssen, war mehr als er ertragen konnte. Er durfte nicht die Kontrolle verlieren, und auch wenn es ihm schwerfiel, löste er sich von ihr und sah in ihr Gesicht. „Auch wenn ich mir nichts Schöneres vorstellen kann, als dich in den Armen zu halten, gibt es jedoch unvorhergesehene Probleme, bei denen ich deinen weisen Rat brauche."

„Dann komm, setz dich und erzähle mir, was das für Probleme sind", sagte sie, verschloss den Zugang zum Zelt und nahm ebenfalls Platz.

„Seit einiger Zeit treibt ein Nachtdämon, ein sogenannter Baykok, in Alberta sein Unwesen. Wie sich herausgestellt hat, steht er unter dem Bann einer sehr mächtigen Vampirin. Sie benutzt den Baykok, um unbehelligt zu morden. Sie fällt ihre Opfer zuerst an und wirft dann dem Dämon die Reste zum Fraß vor. Ich weiß nicht, wer diese Vampirin ist oder was sie bezweckt, das gilt es herauszufinden."

Samuel seufzte. „Ein weiteres Problem ist, dass den beiden eine Truppe Jäger auf den Fersen ist. Ihr Anführer ist ein Schamane, der von blindem Hass getrieben Jagd auf alles Übernatürliche macht. Der Schamane an sich wäre kein Problem für uns, er verfügt jedoch über eine Form der Magie, die es ihm ermöglicht, sogar Vampire zu töten. Es scheint eine Art Sonnenzauber zu sein. Laut Berichten hat er damit bereits einen Chupacabra und einen Wendigo in unserem Gebiet getötet. Wir müssen unbedingt herausfinden, wie er das macht und warum. Wenn es jemanden gibt, der Licht in diese verworrene Situation bringen kann, dann bist du es."

Seraphine stand auf, nahm eine mit Runen verzierte Holzschale und eine Flasche Wasser aus ihrer Tasche und stellte sie auf den Tisch.

Diese Utensilien setzte sie nicht bei ihrer gewöhnlichen Kundschaft ein. Für die legte sie Karten, las aus der Hand oder warf die Runen, ihre Schale aber benutzte sie nur für ihre eigenen Weissagungen oder wie heute, für ihn. Dieses Orakel war persönlich und es erforderte ein Opfer.

Sie goss das Wasser in die Schale, setzte sich ebenfalls und streckte ihm über den Tisch ihre Hand entgegen.

Schon der Gedanke an das, was gleich folgen würde, ließ ihn erschaudern. Er hielt ihr seine Hand hin. Sie ließ die scharfe Klinge des Messers über seine Handfläche gleiten, dann wischte sie das Messer ab und zog die Klinge gleichermaßen über ihre Handfläche. Beide ließen ihr Blut in das Wasser der Schale tropfen.

Der Geruch ihres frisch vergossenen Blutes traf Samuel mit Wucht. Augenblicklich erwachte Verlangen in ihm. Seine Fänge fuhren aus.

Nicht die Beherrschung verlieren. Halte deine Triebe unter Kontrolle. Seraphines Weissagung ist jetzt wichtig, nicht mein Verlangen nach ihr.

Während er noch mit seinen Begierden kämpfte, blickte Seraphine bereits auf die Wasseroberfläche. Sie hatte ihm gegenüber einmal ihre Visionen wie kurzzeitige Einblicke in Vergangenheit, Gegenwart und Zukunft beschrieben, geradeso wie ein Film, der vor ihrem geistigen Auge ablief. Er wusste, dass die Vision nicht lange auf sich warten lassen würde.

Samuel blickte auf die Wasseroberfläche und beobachtete, wie sich ihr Blut allmählich mit seinem vermischten. Mit einer kreisenden Bewegung der Schale wirbelte sie das Wasser auf.

„Ich sehe eine Familie. Allem Anschein nach Angehörige der First Nations. Sie werden von einem Vampir angefallen. Bei dem Angriff sterben Frau und Tochter. Der Vater ist am Boden zerstört und hält den leblosen Körper seiner Frau in den Armen, während er dem Blutsauger bittere Rache schwört."

Seraphine wartete einen Moment. „Erneut sehe ich den Mann, dessen Familie getötet wurde. Er scheint ein Schamane zu sein und er ist nicht allein. Sie jagen jemanden. Es ist der Vampir, der für den Tod seiner Familie verantwortlich ist. Sie kreisen den Vampir ein. Dann hebt der Schamane einen Gegenstand empor. Soviel ich erkennen kann, handelt es sich dabei um eine Triskele. Er intoniert Merlins alten keltischen Zauberspruch, den Zauber des Wirkens. Plötzlich ergießt sich von der Triskele aus ein heller Lichtschein."

Seraphine kniff die Augen zusammen, das Licht musste sie blenden. „Der Lichtschein trifft den Vampir. Dieser schreit, krümmt sich vor Schmerzen, während das Licht seinen Körper zersetzt und ihn zu Staub zerfallen lässt. In der Ferne höre ich den Schrei einer Frau. 'Richard, nein!' höre ich sie rufen."

Seraphine hielt inne. „Die Szenerie verschwimmt wieder, Moment … Jetzt sehe ich das Antlitz einer Frau. Ihr Haar ist schwarz wie Ebenholz, die Augen eisblau. Sie weint. 'Richard, nein! Richard, verlass mich nicht, mein Geliebter. Ich werde deinen Tod rächen und wenn es das Letzte ist, was ich tue.' Plötzlich vermischt sich das Antlitz der Vampirin mit dem eines Baykoks und ich höre schreckliche Schreie."

*

Samuel sah nach oben und von einem Moment zum anderen brach Chaos aus. Eine dürre, ledrige Gestalt durchbrach das Zeltdach und landete direkt auf dem Tisch. Der brach unter der Last zusammen, die Wasserschale flog zur

Seite und verspritzte ihren Inhalt über die Zeltwand.

Samuel sprang auf. Doch der Baykok hatte bereits zum Schlag ausgeholt. Er erwischte Samuel mit voller Wucht, katapultierte ihn quer durch das Zelt. Er sah wie der Baykok nach Seraphine griff und sie mit eisernem Griff festhielt.

Samuel rappelte sich auf und machte einen Schritt auf sie zu. Er wollte den Baykok gerade angreifen, da ertönte eine Stimme vom Zelteingang.

„Keine Bewegung, mein liebster Bruder, oder der Baykok reißt deiner Freundin bei lebendigem Leibe das Herz heraus."

Samuel fuhr herum und traute seinen Augen kaum. Hinter ihm stand seine Schwester, seine seit Langem verschollene Schwester Brianna. „Was zum Teufel? Was geht hier vor?"

„Ach Samuel, es freut mich ebenfalls, dich wiederzusehen, wobei die Umstände nicht gerade die besten sind. Deine Freundin ist sehr begabt. Ihre Weissagung traf genau ins Schwarze. Ich jage diesen Schamanen, seit er Richard getötet hat. Leider bedient er sich dunkler Mächte und ist dadurch sehr mächtig. Ich den Baykok als Lockmittel benutzt, um den Schamanen hierherzubringen, damit du ihn für mich tötest. Du bist immerhin einer der mächtigsten unserer Art. Es tut mir leid Bruder, aber ich muss meiner Bitte Nachdruck verleihen", sagte sie und gab dem Baykok ein Zeichen, woraufhin dieser sich mit Seraphine in die Lüfte erhob.

„Seraphine, nein!", schrie Samuel.

„Deine Freundin wird mein Druckmittel sein. Wir sehen uns in Banff. Du siehst sie unversehrt wieder, wenn du den Schamanen für mich tötest", sagte Brianna und verschwand.

Samuel drückte die Wahlwiederholung seines Handys und wartete, bis sein Gegenüber abnahm. „Chief Lightcrow, ich bin es Samuel. Ich habe keine guten Nachrichten. Ich weiß jetzt, wer die Vampirin ist. Es ist meine Schwester Brianna. Ihr Gefährte hat anscheinend die Familie des Schamanen getötet, woraufhin dieser ihren Gefährten getötet hat. Nun ist sie, wie der Schamane auch, von blinder Rache getrieben. Brianna verlangt von mir, dass ich den Schamanen töte. Tue ich es nicht, wird sie meiner Auserwählten etwas antun. Brianna hat Seraphine in ihre Gewalt gebracht und ist mit ihr und dem Baykok auf dem Weg nach Banff."

Er hatte all das atemlos ausgestoßen und holte nun keuchend Luft.

„Das sind wirklich keine guten Neuigkeiten. Vor allem, da wir Akai seit gut einer Stunde in unserem Gewahrsam haben. Wir sind alle im Haus von Zachary Halfmoon. Ich schicke dir die Adresse. Wir werden uns verbarrikadieren und uns auf ihren Angriff vorbereiten."

„Chief, Seraphine weiß, welche Magie Akai einsetzt. Anscheinend hat er sich den dunklen Mächten verschrieben und nutzt eine Triskele, die er durch den Zauber des Wirkens aktiviert. Wir müssen sie ihm unbedingt abnehmen."

*

Der Baykok hatte Seraphine unversehrt nach Banff gebracht. Sie hielten sich etwas Abseits eines Hauses auf, in dem Brianna den Schamanen ausfindig gemacht hatte. Noch würden sie ihr nichts tun. Noch war sie Briannas Druckmittel, um Samuel zu zwingen, den Schamanen zu töten.

„Du bist also Samuels Schwester?", fragte Seraphine und warf einen nachdenklichen Blick auf Brianna. Sie spürte Briannas tiefen Hass, aber auch den Schmerz über den Verlust ihres Gefährten. „Dein Hass zerfrisst dich. Er wird dich zerstören."

„Was weißt du über meinen Hass?", schrie Brianna. Sie packte Seraphine am Kinn und entblößte dabei ihre Fänge. „Mein Hass ist das Einzige, was mich noch am Leben hält. Akais Tot ist alles, was für mich zählt. Denke nur nicht, dass ich dich nicht töten würde!"

Ein Wagen kam die Auffahrt herauf. Er hielt an und Samuel stieg aus.

Seraphine öffnete den Mund, doch Brianna presste ihr die Hand auf den Mund und erstickte jeden Schrei. Seraphine zerrte an ihrem Arm, hatte jedoch nicht die geringste Chance sich zu befreien.

„Na, sieh mal einer an. Meinem Bruder scheint also doch etwas an dir zu liegen. Ein Laut und du bist Futter für den Baykok", sagte Brianna und nahm die Hand von ihrem Mund.

„Natürlich liegt Samuel etwas an mir. Ich bin seine …" Abrupt brach Seraphine ab.

Brianna sah überrascht aus. „Sollte mein Bruder nach mehr als tausend Jahren endlich seine Auserwählte gefunden haben?", fragte sie. „Nach all den ergebnislosen Jahren der Suche? Du bist ein besseres Pfand, als ich gedacht hatte. Hab keine Angst, ich werde dir nichts tun. Aber meiner Rache an Akai steht nun nichts mehr im Weg. Samuel wird tun, was ich von ihm verlange."

„Nein, das darfst du nicht. Dieser Schamane ist gefährlich. Er bedient sich schwarzer Magie. Er wird Samuel töten."

„Das werden wir sehen, wenn es so weit ist. Akai ist in diesem Haus. Ich kann ihn spüren. Heute wird meine Rache Früchte tragen und dann bin ich endlich frei und bereit zu Richard zu gehen."

*

Keine neunzig Minuten später hatte Samuel Banff erreicht. Er lenkte seinen Wagen zu der Adresse, die ihm der Chief gegeben hatte, und dann in die Einfahrt zu Zachary Halfmoons Haus. Er stieg aus und wurde von mehreren bewaffneten Männern empfangen.

„Ich bin Samuel Nightingale. Bringt mich bitte zu Chief Lightcrow", sagte er und folgte einem der Männer ins Haus.

In Zachary Halfmoons Büro erwarteten ihn die anderen. Erleichtert stellte Samuel fest, dass Eskil ebenfalls hier war und anscheinend hatte er endlich seine Vorurteile gegenüber seiner Auserwählten überwunden, denn er saß neben Savannah und hatte besitzergreifend den Arm um sie gelegt.

„Willkommen, Samuel", sagte der Chief. „Komm, setz dich. Es gibt Neuigkeiten oder besser gesagt Hinweise, die sehr nützlich für uns sein könnten. Mystique, würdest du Samuel bitte von deinem Traum erzählen?", sagte der Chief.

„Als wir von Eskils Hütte zurückkamen, habe ich mich hingelegt und bin sofort in einen tiefen Schlaf gefallen. Es war ein Alptraum, in dem ich eine scheußliche Kreatur, ähnlich einem Kojoten, sah. Nur war sie viel größer und ging aufrecht wie ein Mensch. Ihre Augen waren weiß und hatten keine Pupillen. Die Kreatur griff uns an. Sie war sehr stark und durch normale Waffen nicht zu töten. Eine Art magische Aura schien sie zu umgeben. Das Seltsame ist, dass ich dann Seraphine gesehen habe. Sie trug wie immer ihre Kette in Form eines Ritualdolchs um den Hals. Dann bin ich aufgewacht", sagte Mystique.

„Samuel, du solltest es ihnen sagen. Ich meine, was deine Auserwählte betrifft", sagte der Chief.

Samuel blickte in fragende Gesichter. „Mystique, wie du weißt, kennen Seraphine und ich uns schon sehr lange. Ich schätze sie jedoch nicht nur für ihre Hilfe und ihre weisen Ratschläge. Nein, ich liebe sie. Seraphine ist meine Auserwählte."

„Was? Weiß sie davon?", fragte ihn Mystique.

„Ja. Sie wusste es von Anfang an. Aber sie hat mich zurückgewiesen. Sie war noch nicht bereit für die Blutsverbindung. Seraphine wollte erst ihrer Bestimmung folgen und anderen Menschen mit ihren Fähigkeiten helfen. Ich war heute Abend bei ihr. Ich hatte sie um ihre Hilfe bei der fremden Vampirin gebeten." Er berichtete ihnen kurz von den Geschehnissen des heutigen Abends.

„Was? Sie hat Seraphine entführt!", rief Mystique. „Das ist ja entsetzlich."

„Ja, Brianna und der Baykok müssten sich mittlerweile auch in Banff aufhalten. Wenn sie herausfindet, dass Akai hier ist, wird sie garantiert hier auftauchen."

„Was mir Sorgen macht", sagte der Chief, „ist die Kreatur aus Mystiques Traum. Allem Anschein nach handelt es sich dabei um einen Skinwalker. Soviel ich weiß, steht der Skinwalker unter dem Einfluss einer Hexe oder eines abtrünnigen Schamanen. Nur Silber kann ihn töten. Direkt in den Kopf oder in den Nacken platziert tötet es ihn sofort. Wir sollten darauf vorbereitet sein und Waffen aus Silber besorgen. Vielleicht ist auch Seraphines Dolch die Lösung", sagte der Chief.

„Als Erstes sollten wir allerdings Akai befragen", sagte Samuel. „Hatte er die Triskele bei sich, Chief?"

„Wir haben sie ihm abgenommen. Ich habe sie sicher verwahrt, um euch keiner Gefahr auszusetzen", sagte der Chief und klopfte sich auf die Brust.

„Dann bringt mich bitte zu Akai", sagte Samuel.

*

Der Chief führte Samuel in einen großen fensterlosen Raum im Keller. Akai war an einen Stuhl gefesselt. Einer von Chief Lightcrows Männer bewachte ihn. Als sie den Raum betraten, grinste Akai Samuel hämisch an.

„Na, sieh mal einer an, noch so ein verdammter Blutsauger. Ich hätte euch gleich alle vernichten sollen. Wer hätte aber auch gedacht, dass der Chief gemeinsame Sache mit euch Bastarden macht."

„Akai, halte den Mund", sagte der Chief. „Dein Hass trübt dein Urteilsvermögen. Nicht jeder Vampir ist ein Monster, so wie es der Mörder deiner Familie war. Du hast deine Rache bekommen. Das Morden muss jetzt aufhören."

„Gar nichts wird aufhören. Es wird erst aufhören, wenn auch der letzte dieser Bastarde tot ist. Die Triskele ist nicht die einzige Möglichkeit, sie zu töten, wenn auch die Beste. Die Triskele wurde von Merlin geschaffen, um seinen Fehler von eurer Erschaffung zu korrigieren. Ja, genau, du hast richtig gehört", sagte er an Samuel gewandt. „Der mächtigste Zauberer aller Zeiten hat euch Monster erschaffen. Als er seine Schöpfung bereute, fertigte er die Triskele an, um euch wieder zu vernichten."

„Ich weiß, dass Merlin uns erschaffen hat, und dass er versucht hat, diejenigen zu vernichten, die wie Tiere über die Menschen hergefallen sind. Doch auch er erkannte, dass nicht alle Vampire blutrünstige Monster waren …!"

Das laute Klirren von zerberstendem Glas war zu vernehmen. Ein schriller Schrei erklang, der augenblicklich von Schüssen übertönt wurde.

Akai stieß ein wirres Lachen aus. „Hahaha! Er ist da! Und mit ihm diese verdammte Bestie von einer Vampirin!"

„Der Baykok!", schrie Samuel und zog sein Kurzschwert. Er brauchte nicht mehr nach oben laufen, der Baykok kam bereits die Kellertreppe herunter. Samuel stellte sich schützend in den Türrahmen, um dem Baykok den Weg zu versperren. Auch nach tausend Jahren war er sich immer noch seiner keltischen Wurzeln bewusst. Er war Angehöriger eines Clans in den Highlands, im Grunde seines Herzens ein Krieger.

„Der Baykok verschießt durchsichtige Giftpfeile, die sogar Vampire betäuben können. Nehmt euch in Acht, wenn ihr gelbgrüne Rauchschwaden auf euch zukommen seht", rief er gerade, als der Baykok auch schon seinen Bogen spannte und eine Salve Giftpfeile abschoss.

Mit einem beherzten Sprung konnte sich Samuel aus der Schussrichtung bringen. Der Chief und die Wache jedoch wurden getroffen und gingen bewusstlos zu Boden. Samuel sprang auf und stellte sich schützend vor Akai. Er zielte mit der Spitze seines Schwertes auf den Baykok und folgte ihm, als dieser Akai und ihn umrundete.

„Töte ihn jetzt!", hörte Samuel Briannas Stimme hinter sich. Er fuhr herum. „Zurück!"; gab sie dem Baykok einen Befehl.

Brianna schob Seraphine vor sich her in den Kellerraum. „Töte Akai! Jetzt! Oder deine

Auserwählte wird es büßen", sagte sie und legte die Fänge an Seraphines Hals.

„Seraphine!", schrie Samuel verzweifelt und machte einen Schritt auf sie zu.

„Töte ihn!"

Samuel drehte sich zu Akai um, der immer noch gefesselt auf seinem Stuhl saß. Seinem amüsierten Lächeln nach schien er die Show zu genießen.

„Na, komm schon, du Bastard, töte mich! Wenn du kannst", rief Akai und sah Samuel mit einem völlig irren Blick an.

Akai krümmte sich plötzlich vor Schmerzen zusammen. Sein ganzer Körper begann zu zittern und unnatürliche, tierartige Laute kamen über seine Lippen.

Dann hob er den Kopf.

Seine Augen waren weiß geworden. Dahinter lag keine Seele mehr wie bei anderen Menschen. Sein Körper veränderte sich, in rasender Geschwindigkeit. Die Beine wurden länger, Fell erschien auf der Haut und sein Kiefer schob sich nach vorn. Er zerriss seine Fesseln und stieß ein unnatürliches Heulen aus.

Samuel taumelte zurück. Vor seinen Augen verwandelte sich Akai in einen riesigen Kojoten.

„Dann bist du also der Skinwalker! Du hast tatsächlich deine Seele verkauft und dich vollkommen der schwarzen Magie verschrieben", schrie er und stürmte auf Akai zu.

Akai wiederum sprang Samuel aus dem Stand heraus an.

Samuel riss sein Schwert hoch. Akai wich zur Seite aus, daraufhin zog Samuel sein Schwert im letzten Moment nach unten und rammte es dem Monster in den Bauch. Durch die Wucht des Aufpralls stolperten beide zurück und krachten gegen die Wand. Mit einem Heulen riss Akai die Arme hoch und Samuel wurde zur Seite geschleudert.

Jetzt sprang der Baykok Akai auf den Rücken und schlug ihm die Fänge in die Schulter. Akai brüllte auf, Blut trat aus der Wunde, doch die Verletzung behinderte ihn nicht. Er griff nach dem Baykok und schleuderte ihn wie eine Marionette gegen die gegenüberliegende Wand. Der Aufprall war so enorm, dass er bewusstlos am Boden liegen blieb."

„Samuel, töte ihn!", schrie Brianna erneut.

Akai fuhr herum und sprang in Richtung der Frauen.

Brianna gab Seraphine einen Stoß, der sie aus Akais Reichweite brachte. Unsanft ging sie zu Boden.

Dann sprang Brianna Akai an. Beide kamen zu Fall und wälzten sich in einem wilden Kampf auf dem Boden.

Samuel war sofort bei Seraphine und zog sie in seine Arme. „Meine Geliebte, geht es dir gut?"

„Du musst Brianna helfen. Allein hat sie keine Chance gegen den Schamanen. Hier nimm meinen Dolch", sagte sie und nahm die Kette ab, die sie um den Hals trug. „Du musst ihm den Dolch in den Nacken rammen, nur so kannst du ihn töten."

Akai hatte bereits die Oberhand gewonnen und saß auf Brianna. „Du blutsaugende Schlampe! Ich hätte dir wohl doch den Kopf anschlagen sollen. Doch dieses Mal werde ich dich töten, dir dein ganzes verfluchtes Blut aus dem Leib saugen und dich dann zu deinem verdammten Gefährten schicken", brüllte Akai und stieß ihr die Fänge in den Hals.

Brianna schrie auf.

Samuel nutzte die Gelegenheit und packte Akai von hinten. „Brianna, halte ihn fest!"

Akai riss die Hände hoch, um Samuel abzuschütteln, doch Brianna war schneller. Während sie noch rangen, griff Samuel nach Akais Hinterkopf, drückte ihn vor und rammte ihm den Dolch in den Nacken.

Akai stieß einen markerschütternden Schrei aus und brach leblos auf Brianna zusammen.

„Runter von mir, du verdammter Bastard!", schrie sie.

Blut rann aus der Wunde an ihrem Hals. Sie versuchte, aufzustehen, schwankte aber.

Samuel hob sein Schwert auf und hielt es Brianna an die Kehle. „Keine Bewegung! Denke nicht, dass du so ohne weiteres davonkommst. Du hast meine Auserwählte bedroht."

„Samuel, nein!", rief Seraphine und legte ihm die Hand auf Arm. „Brianna hätte mir nie etwas getan. Dazu liebt sie dich viel zu sehr. Und sie hätte dir nie deine Liebe genommen. Nicht, nachdem sie ihre eigene verloren hat."

Samuel steckte sein Schwert in die Halterung zurück und reichte Brianna die Hand. „Wir haben noch ein ganz anderes Problem", sagte er und blickte auf den Baykok. „Wie töten wir ihn?"

„Ich weiß es nicht", sagte Brianna. „Er steht unter meinem Zauber. Wenn ich ihn allerdings löse, wird er uns garantiert anfallen."

„Wo ist die Triskele?", fragte Seraphine.

„Der Chief hat sie", sagte Samuel und ging neben dem immer noch bewusstlosen Chief in die Hocke. Er knöpfte sein Hemd auf, nahm ihm die Kette mit der Triskele ab, die er um den Hals trug und reichte sie Seraphine.

„Ihr müsst denn Keller verlassen", sagte Seraphine nun. „Ihr dürft euch dem todbringenden Licht nicht aussetzen. Lasst mich mit ihm allein."

„Nein! Niemals", sagte Samuel. „Was, wenn er erwacht? Du wärst ihm schutzlos ausgeliefert. Das kommt gar nicht in Frage."

„Ich bleibe bei ihr", sagte Brianna plötzlich. „Für mich gibt es nichts mehr, wofür es sich zu kämpfen lohnt. Vielleicht ist das mein Weg, wieder gutzumachen, was ich euch angetan habe."

„Nein!", riefen Seraphine und Samuel gleichzeitig.

„Geht jetzt! Beide! Und nehmt die anderen mit", sagte Seraphine. Ich werde mich durch einen magischen Kreis schützen. Wir haben nicht mehr viel Zeit, bevor der Baykok erwacht."

Samuel zog Seraphine in seine Arme. „Pass bitte auf dich auf. Ich lasse dich nur widerwillig allein. Ich könnte es nicht ertragen, dich zu verlieren. Ich liebe dich", sagte er und küsste sie.

Sie löste sich aus seiner Umarmung und blickt ihm noch nach, als er mit dem Chief in den Armen in Richtung Tür ging.

„Samuel", ergriff sie noch einmal das Wort. „Wenn ich das hier überlebe, werde ich nicht nach Los Angeles zurückkehren. Ich liebe dich und ich wünsche mir nichts mehr, als die Blutsverbindung mit dir einzugehen."

*

Nachdem Samuel sie allein zurückgelassen hatte, betrachtete Seraphine die Triskele. Sie lag warm und pulsierend in ihrer Hand. Die Macht, die sie ausstrahlte, war stärker als alles, was sie je gesehen oder gefühlt hatte.

Sie konzentrierte und öffnete sich der ihr innewohnenden Magie. „Es ist Merlins Macht, die ihr innewohnt", sagte sie überrascht. „Deshalb gebrauchte Akai auch Merlins Zauber des Wirkens. Beide sind untrennbar miteinander verbunden."

Seraphine verband ihren Geist mit der Triskele und schritt langsam um den Baykok herum. Sie errichtete einen magischen Kreis um ihn. Dann zog sie einen Schutzkreis um sich selbst und intonierte den Zauber des Wirkens. Erst leise, dann immer lauter.

„Anail Nathrock – Uthvass Bethudd – Dochiel Dienve", wiederholte sie die Worte immer wieder in einem monotonen Gesang.

Die Worte zeigten Wirkung. Das Vibrieren in der Triskele nahm stetig zu.

Mittlerweile regte sich der Baykok. Er schien zu erwachen. Ihr blieb nicht mehr viel Zeit. Immer wieder wiederholte sie die Worte. Das Monster kam auf die Beine und bemerkte sein unsichtbares Gefängnis. Es schrie auf und schlug und trat gegen die Barriere.

Seraphine hoffte, dass ihr Zauber stark genug war, ihn weiter gefangen zu halten. Immer schneller intonierte sie die Worte, bis plötzlich ein gleißend helles Licht aus dem Inneren der Triskele hervortrat und den Raum in helles Sonnenlicht tauchte.

Die Schreie des Baykoks übertönten ihre eigenen Worte.

Das Pulsieren des Amuletts steigerte sich ins Unermessliche, bis es mit einem mächtigen Knall explodierte. Seraphine wurde von den Beinen gerissen, krachte gegen die Barriere ihres Schutzkreises und verlor das Bewusstsein.

*

Nachdem sie den Chief und seinen Wachmann versorgt hatten, führte Samuel Brianna zu den anderen ins Büro.

„Darf ich euch meine Schwerster Brianna Blackwood vorstellen", sagte Samuel und blickte in überraschte Gesichter. „Sie hat mir bei der Vernichtung Akais geholfen."

„Wo ist Seraphine?", fragte Mystique aufgeregt.

„Seraphine ist im Keller. Sie führt den Zauber zur Vernichtung des Baykoks aus", sagte Samuel.

„Was? Sie ist allein im Keller? Wir müssen ihr sofort helfen", sagte Mystique und sprang auf.

„Nein! Keiner von uns wird diesen Raum verlassen", sagte Samuel. „Die Triskele würde uns alle vernichten", sagte er und sank resigniert in einen Sessel.

Er machte sich schreckliche Vorwürfe, sie allein gelassen zu haben. Vor allem jetzt, da sie ihm gesagt hatte, dass sie endlich bereit war, die Blutsverbindung mit ihm einzugehen. Brianna schien seine Verzweiflung zu spüren.

„Sie wird es schaffen, Bruder. Sie muss es! Sie lässt dich nicht Jahrzehnte warten, nur um dann zu sterben", sagte sie, legte ihre Hand auf seine und sah ihn mit Tränen in den Augen an.

„Dein Verlust betrübt mich, Schwester, und dennoch, Richard hat getötet und du auch."

„Ich weiß", sagte sie und senkte den Blick. „Ich habe Richard geliebt. Vielleicht hätte ich auf Vater hören sollen, dann wäre ich nicht zu einer eiskalten Mörderin geworden. Er hatte mich immer vor Richards Skrupellosigkeit gewarnt. Für mich jedoch war er die große Liebe. Er war mein Auserwählter. Ich werde nie vergessen, wie ich ihn in einer Schenke in Edinburgh kennengelernt habe. Er hatte ein paar üble Typen beim Kartenspiel betrogen. Als sie ihn gerade lynchen wollten, habe ihn gerettet. Sieh nur, wohin es mich gebracht hat? Liebe kann auch blind machen", sagte sie und legte ihren Kopf auf seine Handfläche. „Es tut mir leid. Ich wollte dir das nicht antun. Ich hätte ihr nie etwas getan, dass musst du mir glauben. Mach mit mir, was du willst, ich werde jede Strafe annehmen."

„Ich werde dich nicht bestrafen. Du hast geholfen, Akai zu vernichten. Aber du musst dich dem Urteil des Chiefs fügen. Er wird über dein weiteres Schicksal entscheiden", erwiderte Samuel.

Da hallte der markerschütternde Schrei des Baykoks durch das Haus. Alle sprangen auf.

Brianna fiel zu Boden und klammerte sich an sein Bein. „Nein, Samuel! Du darfst nicht gehen. Es wird dich vernichten."

Samuel ließ sich jedoch nicht zurückhalten. Dieses Mal nicht. Er zog ruckartig sein Bein an, bis Briannas Griff sich löste. Dann stürmte er die Kellertreppe hinunter in den Raum, in dem Akai gefangen gehalten worden war.

Dunkelheit empfing ihn, kein vernichtendes Licht. Aufgrund seines übernatürlichen Sehvermögens sah er Seraphine auf dem Boden liegen.

Vom Baykok fehlte jede Spur. Sie hatte es anscheinend geschafft und ihn vernichtet.

Doch was war mit Seraphine? Er lief zu ihr und zog sie in seine Arme. „Seraphine, meine Liebste? Sag doch etwas!"

Erleichtert stellte er fest, dass sie atmete. Sie war bewusstlos, aber sie lebte. Er zog sie in seine Arme und drückte sie fest an sich. Er würde sie nie wieder loslassen. Nie wieder!

*

Langsam öffnete Seraphine die Augen. Die Dunkelheit wich dem Licht und die verschwommenen Umrisse nahmen allmählich Gestalt an. „Samuel", sagte sie, als sie in sein Gesicht blickte. „Wo bin ich? Was ist passiert?"

„Ich habe dich nach Calgary gebracht. Wir sind in meinem Haus. Du hast es geschafft, Seraphine. Der Baykok ist vernichtet, aber das Ritual hat dich stundenlang außer Gefecht gesetzt. Du warst fast vierundzwanzig Stunden bewusstlos."

„Was? So lange habe ich geschlafen? Dann ist es ja bereits Sonntag? Wie spät ist es?"

Samuel sah auf seine Uhr. „Es ist bereits kurz vor Mitternacht."

„Was? Ich muss dringend zum Festivalgelände. Das Zelt muss abgebaut werden und ich muss den Wohnwagen umparken", sagte sie, da klopfte es an der Tür.

„Herein!", sagte Samuel.

Ein Mann mittleren Alters trat ein und stellte ein Tablett auf dem Nachttisch ab. „Das Essen für Mylady, Sir. Herzlich willkommen Mylady. Ich bin Ihr Butler Alfred und stets zu ihren Diensten."

„Danke, Alfred", sagte sie, während er sich verbeugte, und dann das Zimmer verließ. „Mylady?", sagte sie und sah Samuel fragend an.

„Da ich aus einem alten Adelsclan stamme, und du meine Auserwählte bist, bringt dir Alfred den gleichen Respekt entgegen wie mir. Er ist seit vielen Jahrhunderten mein Butler."

„Du überraschst mich immer wieder. Aber ich muss wirklich zu meinem Wohnwagen."

„Mach dir keine Sorgen. Es ist bereits alles erledigt. Das Zelt wurde abgebaut und Mystique und Gabriel haben den Wohnwagen bereits hierher gebracht. Mystique hat dir auch eine Auswahl an persönlichen Dingen zusammengestellt. Aber jetzt komm, du musst etwas essen", sagte Samuel und stellte das Tablett vor ihr ab.

„Oh, ich liebe Tomatencremesuppe mit Käsetoast."

„Ich weiß. Mystique hat sie extra besorgt."

„Geht es Mystique gut?", fragte sie.

„Ja. Ich bin mir sicher, dass Gabriel alles dafür tun wird, dass es ihr gut geht."

„Was ist mit deiner Schwester? Ihr habt sie doch nicht etwa …?", fragte sie und verstummte abrupt.

„Brianna musste sich dem Urteil des Chiefs stellen. Sie wurde verbannt und wird Alberta verlassen. Wenn sie nicht gejagt und vernichtet werden will, muss sie sich einem Magistrat unterordnen und wieder in seine Gemeinschaft einfügen."

„Und die Triskele? Wurde sie zerstört?"

„Nein, sie ist intakt. Der Chief verwahrt sie zu unserer Sicherheit an einem unbekannten Ort."

„Das ist auch gut so. Die Triskele ist sehr mächtig", sagte Seraphine und schob sich das letzte Stück Käsetoast in den Mund.

Samuel nahm ihr das Tablett ab und stellte es beiseite. „Ruh dich noch etwas aus, das Ritual hat dich sehr geschwächt. Du musst zu Kräften kommen, wenn du heute Nacht noch ...", sagte er und brach abrupt ab.

„Es ist bereits die letzte Beltanenacht, stimmt. Es sind nur noch ein paar Stunden, bis die Sonne aufgeht. Wir müssen die Blutsverbindung jetzt gleich vollziehen."

„Wir können, müssen aber nicht. Wir können auch bis zum nächsten Mondfest warten, wenn du es wünschst."

Ihre Gedanken überschlugen sich. So viele Jahre waren seit ihrem ersten Treffen vergangenen. Sie hatte Samuel bereits gesagt, dass sie ihn liebte und dass sie bei ihm bleiben würde. Warum sollte sie also warten? Er war alles, was sie begehrte.

„Wo kann ich mich frisch machen?"

*

Nachdem Samuel ihr den begehbaren Kleiderschrank gezeigt hatte, zog sich Seraphine ins Badezimmer zurück. Sie stand unter der großen Regendusche und genoss das erfrischende Nass.

Heute war der Tag, an dem sie die Blutverbindung mit Samuel eingehen würde. Zwanzig Jahre hatte es gedauert, bis sie zu diesem Schritt bereit gewesen war. Heute würde sie ihr altes Leben hinter sich zu lassen und sich mit Samuel vereinigen.

Seraphine hatte es bereits vor ihrer Reise nach Calgary gewusst. All ihre Visionen hatten auf einen bevorstehenden Neuanfang hingewiesen. Und jetzt, wo Mystique ihren Platz an Gabriels Seite gefunden hatte, war auch Seraphine bereit, sich mit Samuel zu vereinen. Seit zwanzig Jahren liebte sie ihn. In all den Jahren hatte sie sich nie einem anderen Mann hingegeben. Auch ohne die Blutsverbindung war ihre Verbindung immer sehr stark gewesen.

Seraphine stellte die Dusche aus, trocknete sich ab und schlüpfte in ein langes schwarzes Satinnegligé mit seitlicher Schnürung.

Als sie zurück ins Schlafzimmer kam, stand Samuel vor dem offenen Kamin und entzündete Kerzen. Er hatte ihr den Rücken zugewandt und trug einen knielangen, seidenen Morgenmantel, der seine durchtrainierten Waden gut zur Geltung brachte. Im Kamin brannte ein Feuer. Davor hatte er ein Lager aus unzähligen Fellen und Kissen errichtet.

Die Tür fiel hinter Seraphine ins Schloss und Samuel drehte sich um. Sie ging zu ihm und blieb direkt vor dem romantischen Liebesnest stehen.

Sein Blick wanderte über ihren Körper und er atmete dabei scharf ein. Er zog sie in seine Arme.

„Du siehst hinreißend aus", sagte Samuel.

Er ließ die Hände über ihren Rücken gleiten, direkt nach unten zu ihrem Po. Fest presste er seinen Körper gegen ihren und küsste sie.

Deutlich konnte Seraphine seine beginnende Erregung spüren. Auch ihre Lust erwachte. Sie wollte ihn berühren, ihn schmecken, ihn spüren. Seraphine legte die Arme um seinen Hals, zog ihn an sich und küsste ihn erneut. Wie gut er doch schmeckte. Sie hatte ihn schon immer gern geküsst, wenn es auch das Einzige war, was sie sich in den zwei Jahrzehnten zugestanden hatten.

Doch heute würde es kein Zurück geben, keine Kontrolle und keine Zurückhaltung. Samuel löste die Lippen von ihr und glitt zu ihrem Hals, den er mit Küssen überzog. Als er sie sanft ins Ohrläppchen biss, kam ihr ein leises Stöhnen über die Lippen. Er ließ seine Hände über ihren Körper gleiten, fand ihre Brüste und neckte ihre Brustwarzen mit den Fingern.

Seraphine warf den Kopf in den Nacken und stöhnte auf. „Oh ja, Samuel!", sagte sie und presste ihren Unterleib immer fester gegen seine bereits harte Erektion.

„Seraphine, meine kleine Elfe. So zart und zerbrechlich. Ich verspreche dir, dass ich es langsam angehen lasse und dir alle Zeit der Welt geben werde. Du allein bestimmst das Tempo."

„Nein!", sagte sie.

„Nein?", fragte er und sah sie überrascht an.

„Ich will es nicht langsam angehen lassen. Ich will dich. Ich will dich! Jetzt! Ich habe so lange gewartet. Nimm mich jetzt!"

Seraphine trat einen Schritt zurück. Sie öffnete seinen Morgenmantel und ließ ihn über seine Schultern zu Boden gleiten.

Samuel stand splitterfasernackt vor ihr. Sie betrachtete ihn von oben bis unten. Sein muskulöser Körper strahlte pure Macht und Erotik aus. Vor allem seine mächtige Erektion versetze sie in Verzückung. Sie fuhr mit den Nägeln fest über seine Brust und hinterließ dabei rote Streifen, die jedoch sogleich verheilten. Sie ließ ihre Finger über seine Brustwarzen wandern und zwirbelte sie mit festem Druck. Samuel warf keuchend den Kopf in den Nacken, während seine Erektion weiter zunahm.

Nun fuhr sie mit der Hand nach unten, umfasste sein Geschlecht und ließ es ein paarmal fest durch ihre Hand gleiten. Seraphine hätte schwören können, dass ihm dabei ein leises Knurren über die Lippen kam.

Samuel senkte den Kopf und blickte sie mit feurigem Blick an. „Du spielst mit dem Feuer, du kleine verdorbene Elfe", sagte er, während sie deutlich die spitzen Fänge hinter seinen vollen Lippen erkennen konnte.

„In mir brennt ein Feuer, dass gelöscht werden will", sagte sie. „Leg dich hin!"

Er tat, was sie von ihm verlangte und legte sich auf die Felle.

Dann setzte sie sich auf seine Schenkel, beugte sich nach vorne und ließ ihre Zunge über seine Erektion gleiten. Als Seraphine ihn vollständig mit ihren Lippen umschloss, bäumte Samuel sich auf. Immer wieder ließ sie ihn in ihren Rachen gleiten und saugte fest an ihm.

Dann setzte sie sich auf, zog ihr Negligé aus und setzte sich von oben auf ihn, bis er sie ganz und gar ausfüllte. Mit rhythmischen Bewegungen begann sie, ihn zu reiten. Wie eine Bauchtänzerin bewegte sie die Hüften vor und zurück und ließ sie kreisen.

Samuel stöhnte auf und warf den Kopf in den Nacken. „Du kleine unartige Elfe!", sagte er und schrie plötzlich auf, als sie ihn fest in die rechte Brustwarze biss und daran saugte. „Du treibst mich in den Wahnsinn, Frau! Dafür musst du bestraft werden", sagte er, riss sie augenblicklich herum und warf Seraphine auf den Rücken.

Er nagelte sie regelrecht unter sich fest und versenkte sich mit tiefen harten Stößen in ihr. „Oh ja, Samuel. Bestrafe mich!", schrie Seraphine, drückte den Rücken durch und krallte ihre Finger in die weichen Felle.

Samuel packte sie und warf sie wieder herum. Er legte die Lippen um ihre Brustwarze und begann hart daran zu saugen. „Wie du mir, so ich dir", sagte er dann und stieß die Fänge in ihre Brust.

Der Schmerz, der sie durchfuhr, ließen sie aufschreien. Gleichzeitig drang er in sie ein. Zu spüren, wie er unerbittlich in sie stieß und dabei ihr Blut trank, ließ sie augenblicklich zum Höhepunkt kommen. In schier endlosen Wellen erfasste er sie und trug sie davon.

Auch Samuel wurde davon erfasst, entlud sich ihn ihrem Inneren und brach dann erschöpft auf ihr zusammen.

*

Samuel wusste nicht, wie lange er schon in Seraphines Armen lag, aber er konnte und wollte sich nicht von ihrem weichen, warmen Körper losreißen.

Er konnte es immer noch nicht fassen, aber Seraphine lag tatsächlich nackt unter ihm. Sie hatten sich mit nie erahnter Intensität geliebt und er hatte ihr Blut getrunken. Wie das reinste Lebenselixier strömte es noch immer durch seine Adern.

Seraphines Wildheit hatte ihn überrascht, ihn aber auch erregt. Schon der Gedanke daran verhalf ihm augenblicklich zu einer erneuten Erektion.

Sein Gesicht lag auf ihrer Brust. Ruhig und gleichmäßig schlug ihr Herz. Tief sog er ihren Duft ein. Zärtlich rieb er ihre Brustwarze. Augenblicklich stellte diese sich auf und verlangte nach mehr. Er legte die Lippen darauf und begann sie sanft zu beißen, während seine Hand zu ihrer Mitte glitt.

Er fand ihr empfindliche Knospe und weckte sie aus ihrem Schlaf. Seraphines Körper reagierte auf seine Liebkosungen, wie ein Kätzchen regte sie sich unter seinen Berührungen.

Er wollte sie kosten. Sie dazu bringen, seinen Namen zu rufen. Er positionierte sich zwischen ihren Beinen und erforschte sie mit seiner Zunge. Immer schneller leckte er sie, ließ seine Finger in sie gleiten und brachte ihren Körper zum Beben.

„Ja, mach das noch einmal", stöhnte sie.

Ihre Erregung ergriff ihn. Seine Erektion schmerzte und verlangte nach Erleichterung. Er beugte sich über sie und drang mit einem harten Stoß in sie ein.

Mit immer schneller werdenden Bewegungen trieb er sie zu einem weiteren Höhepunkt. Seraphine stöhnte und klammerte sich zitternd an ihn. Samuel stürzte sich auf die Ellenbogen und umfasste ihr Gesicht mit seinen den Händen.

„Seraphine, meine wunderschöne sexy Elfe. Du bist meine Auserwählte, meine Frau, du bist mein Leben. Willst du die heilige Blutsverbindung mit mir eingehen und auf ewig mit mir vereint sein?"

„Oh Samuel, ja, das will ich."

Er griff unter eines der Felle und zog ein Messer hervor. Er legte es an seine Unterlippe und zog die Klinge tief durch das empfindsame Fleisch. Dann senkte er die Lippen auf Seraphines Mund. Sofort begann sie an seiner Lippe zu saugen und sie in ihren Mund zu ziehen. Die erregende Macht seines Blutes erfasste sie. Seraphine schlug die Beine um seine Hüften und presste ihren Unterkörper gegen den seinen. Durch ihre Bewegungen und das animalische Saugen an seiner Lippe erwachte auch seine Erregung. Die Leidenschaft erfasste sie und trieb sie davon.

Seraphine stöhnte und krallte die Finger in seinen Rücken. Sie schlug die Zähne in seine Schulter und biss ihn immer fester. „Samuel bitte, trinke von mir. Beende, was wir begonnen haben!"

Sie drehte den Kopf zur Seite, um ihm ungehinderten Zugang zu ihrer Halsschlagader zu gewähren.

Der Moment, in dem Samuel seine Fänge ihn ihren zarten Hals versenkte und ihr Blut trank, war unbeschreiblich. Endlich war Seraphine die Seine! Nach all den Jahren hatte sie ihren Platz als seine Auserwählte eingenommen. Sie, die Liebe seines Lebens, würde ab sofort auf ewig mit ihm vereint sein!

*

Epilog

Samhain, sechs Monate später

Die Abenddämmerung hatte bereits eingesetzt, als sich Brianna auf den Weg in die Edinburgher Altstadt machte. Dutzende kleine Monster, Cowboys, Prinzessinnen und anderweitig verkleidete Kinder kreuzten ihren Weg. Fröhlich zogen sie von Haus zu Haus, um möglichst viele Leckereien zu ergattern.

Es war nicht nur Halloween, sondern auch die erste Nacht Samhains. Eine jener Nächte, in der ihresgleichen ihre Auserwählten finden und wandeln konnten. Für Brianna jedoch war das vorbei.

Nach ihrer Verbannung war sie nach Edinburgh zurückgekehrt. Hier, wo sie Richard einst kennengelernt hatte, wollte sie ihrem Dasein ein Ende setzen. Zumindest hatte sie es so vorgehabt. Bereits mehrfach war sie für einen letzten atemberaubenden Sonnenaufgang auf den Calton Hill gegangen. Von hier oben bot sich einem ein wunderbarer Ausblick über Edinburgh und er war der perfekte Ort, um sein

Leben zu beenden. Brianna hatte sich vorgestellt, wie die ersten Sonnenstrahlen sie erfassten und ihren Körper zu Staub zerfallen ließen. Doch wenn es dann soweit gewesen war, hatte sie der Mut verlassen und sie war rechtzeitig in ihre Wohnung zurückgekehrt.

Gedankenverloren schlenderte sie durch die belebten Straßen. Vor der St. Giles Cathedral hielt sie inne. Sie liebte das alte Gotteshaus und seine mystische Atmosphäre. Da es in den Wintermonaten früh dämmerte, hatte sie noch gut eine Stunde, bis das Gotteshaus schließen würde. Sie trat ein und setzte sich in die letzte Reihe. Nur noch wenige Besucher hielten sich für ihre abendlichen Gebete im Gebäude auf. Die Reihen lichteten sich rasch, sodass sie bald allein war.

Nein, sie war nicht allein!

In einer der vorderen Reihen saß ein dunkelhaariger Mann. Er war vornübergebeugt und hatte die Hände in seinen langen Haaren vergraben. Einige lose Strähnen hatten sich aus seinem Zopf gelöst und fielen ihm bis zum Kinn.

Brianna konnte sein Gesicht nicht sehen und dennoch faszinierte sie seine Erscheinung. Mit einem Mal warf er den Kopf in den Nacken. Er fuhr sich mit der Hand durch den Bart, strich sein Haar zurück und stand auf.

Langsam ging er den Mittelgang entlang. Er war groß und muskulös. Er zog den Kragen seines knielangen schwarzen Trenchcoat hoch und sah sie dabei direkt an.

Die Zeit schien stillzustehen. Er kniff sie Augenbrauen zusammen und starrte sie verwundert an. Seine Erscheinung, aber vor allem seine dunklen Augen fesselten sie. Als er an ihr vorbeischritt, sog sie tief den unvergleichlichen Duft seines Blutes ein. Es schien sie regelrecht einzunebeln.

Die Kirchentür fiel mit einem lauten Knall ins Schloss und Brianna fuhr erschrocken herum.

Er hatte die Kirche verlassen. Er war fort!

Augenblicklich sprang sie auf und eilte ihm hinterher, hinaus auf den Platz vor der Kathedrale. Sie blickte sich um und versuchte seinen unverkennbaren Duft ausfindig zu machen.

Da war er.

Brianna folgte ihm durch die Straßen. An einem kleinen Blumenstand blieb er stehen und kaufte eine einzelne langstielige, weiße Rose.

Na sieh mal einer an. Ein echter Gentleman. Er bringt seiner Frau eine Rose mit.

Er setzte seinen Weg fort und schien in Richtung Calton Hill zu gehen. Nein, nicht ganz. Vor dem Eingang zum Old Calton Cemetery blieb er stehen. Die Tür war verschlossen, denn der Friedhof hatte bereits geschlossen. Er blickte sich nach allen Seiten um – Brianna drückte sich in die Schatten – und kletterte dann kurzerhand über das verschlossene Tor.

Was? Ein Friedhof? Was will er denn da?, fragte sie sich und folgte ihm auf den Gottesacker.

Vor einer Grabplatte blieb er stehen, ging in die Hocke und zog etwas aus seiner Jackentasche. Am Schein der Flamme konnte sie erkennen, dass er ein Grablicht entzündete. Er platzierte es neben einen kleinen Bilderrahmen und stellte die weiße Rose in eine bereitgestellte Vase. Brianna näherte sich ihm leise. Er schien sich mit dem Bild zu unterhalten. Der Kerzenschein spiegelte sich in seinem Gesicht und verlieh ihm etwas Geheimnisvolles. Wieder sog sie den Duft seines Blutes ein.

„Ich vermisse dich. Ohne dich ist alles so trostlos. Wie konnte er dich nur so brutal aus unserem Leben reißen? Sie haben den Bastard, der dir das angetan hat, noch nicht einmal gefasst", sagte er und strich liebevoll über das Bild.

Jetzt erinnerte Brianna sich. Vor ein paar Monaten war hier eine junge Frau brutal vergewaltigt und ermordet worden. Das musste seine Frau gewesen sein. Brianna fühlte mit ihm.

Wenn jemand seine Trauer verstehen konnte, dann sie.

„Ich kann so nicht weiterleben. Du fehlst mir so unsagbar. Ich werde dich immer lieben, mein Schatz", sagte er, griff in seine Jackentasche und zog eine Waffe hervor. Er öffnete die Lippen und steckte den Lauf in seinen Mund.

„Nein!", schrie Brianna und sprang zu ihm.

Sie schlug ihm die Waffe aus der Hand und riss ihn mit sich. Sie rollten über den abschüssigen Rasen, bis er auf ihr zum Liegen kam. Er begrub sie regelrecht unter sich.

Und es fühlte sich gut an, so unter ihm zu liegen. Ein längst vergessener wohliger Schauer durchfuhr sie. Sie begehrte ihn. Sie wollte nicht nur sein Blut, nein, sie wollte ihn, seinen Körper, seine Seele.

Er hatte sie am Kragen ihres Mantels gepackt und zog sie hoch. „Was soll das?", schrie er. „Du warst vorhin in der Kirche. Bist du mir gefolgt? Warum?", frage er und wirkte nun etwas ruhiger. „Ich kenne dich doch? Wer bist du?"

„Ja, ich bin dir gefolgt. Was ich von dir will? Dich will ich! Du willst also sterben? Dann komm, und lass mich dein Todesengel sein", sagte Brianna, vollführte eine schnelle Drehung, sodass sie auf seinem Schoß zum Sitzen kam. Augenblicklich fuhren ihre Fänge aus.

„Was zum … du bist das!", sagte er und riss überrascht die Augen auf, aber da stieß sie schon nach vorn und schlug ihre Fänge in seinen Hals.

Der Moment, in dem sie den ersten Schluck seines Blutes trank, überwältigte sie. Wie flüssige Lava rann es ihre Kehle hinab, vermischte sich mit ihrem Blut und setzte ihren Körper in Flammen. Noch nie hatte sie etwas Vergleichbares gefühlt. Noch nie? Nein! Sie hatte es schon einmal gefühlt!

Er bäumte sich auf, krallte die Finger in ihre Hüfte und ein leises Stöhnen kam über seine Lippen.

Sie löste die Lippen von seinem Hals und blickte ihn an. „Nein, das kann nicht sein! Wer bist du? Wie ist dein Name?", rief Brianna.

„Nathan. Nathan Blackwood!", stieß er hervor und griff sie an den Hals.

Tränen schossen ihr in die Augen und rannen ihr über die Wangen. „Wie, wie kann das sein? Kann es wirklich sein, dass du ein Blutsverwandter von Richard bist? Du musst ein Nachkommen von einem seiner Brüder sein. In deinen Adern fließt das Blut der Auserwählten!"

Nathan umfasste ihr Gesicht und wischte eine Träne mit dem Daumen weg. „Du bist es! Du bist der Todesengel aus meinen Träumen. Wie schön du bist, mein lieblicher Tod", sagte er und küsste sie. Dann zog er ihren Hals an seine Lippen und begann sie zärtlich zu beißen.

Briannas Körper stand in Flammen. Sie verzehrte sich nach ihm. Sollte sie tatsächlich eine zweite Chance bekommen? Eine zweite Chance für eine unsterbliche Liebe?

„Beiß mich, mein schöner Engel des Todes. Trinke von mir", sagte Nathan.

„Dein Wunsch ist mir Befehl", sagte sie und schlug die Fänge in seinen Hals.

Ende